名句鑑賞『誹風柳多留』十一篇を読み解く

佐藤美文
Sato Yoshifumi

Meiku kansyo YANAGIDARU juippen wo yomitoku

新葉館出版

名句鑑賞『誹風柳多留』十一篇を読み解く

本書には一部、不適切な用語が含まれておりますが、当時の時代背景をより鮮明に反映させるため、そのまま掲載していることを予めご了承ください。

はじめに

『誹風柳多留』の作品をわかり易く解いたものに、教養文庫のものが知られている。この本の果たした役割は大きい。しかしながら、この文庫はすでに無いし、しかも十篇で終っている。そのあとの篇については、岩波文庫の『誹風柳多留』を頼るしかないのが実情である。これは古川柳に慣れた人にはいいが、初心者には向かない。やはりやさしく解説したものがほしいものである。そこで頼まれもしないのにやってみることにした。

とは言え、私は学者でも研究者でもない。しかし、幸いなことに『誹風柳多留』についての研究書は数多出ているし、時代背景となる、江戸時代、江戸という町についての研究書や参考書も少なくない。言葉についても複数の辞書がでている。その気になれば私にもできそうな気がして、恐れ気もなく思い立ったものである。

参考にした資料は最後にまとめてご紹介したい。作品は岩波文庫『誹風柳多留』から。送り仮名や濁点を補ったり、繰り返し記号についても直接文字を充てたりした。

『誹風柳多留』十一篇の成立は安永五年（一七七六年）である。作品は安永元年から三年までの川柳評万句合の勝句の中から選ばれた七〇〇句余の作品である。

まとめるに際しては竹本瓢太郎、小山しげ幸の両氏にご指導いただいた。

年に弐度土をふませる呉服店

桜木連大柳

ここでいう二度とは、盆と正月の薮入りを指すのだが、それまで土を踏むことの出来ないほど忙しいということでもある。事実は必ずしもそうではないが、誇張した表現が笑いを誘う。また当時の労働事情も垣間見ることが出来る。

食つみが熨斗に替ると美しひ

杜若連如舟

食つみは食積で蓬莱飾りの異称。蓬莱飾りとは、新年の祝に三方の上に米を盛り、その上に熨斗、勝栗、昆布、海老、馬尾藻などを飾ったもので、時にはこれに松などを立てたものもある（大曲駒村編『川柳大辞典』）。その食積の上のものが食い尽くされて、熨斗ばかりが残された頃、嫁の礼が来る。その嫁が美しいということである。嫁の礼は正月の慌しさが収まった頃を見計らって行われていたようである。

俄雨乞食の相をはたすなり

桜木連四竜

最近は天気予報がよく当る。出かける時には鞄の底に折り畳み傘を忍ばせて出るので、にわか雨にも慌てることはない。しかし二五〇余年前の現実は、にわか雨に遇えばしばしばこの句のようなことがあったに違いない。私自身も子どものころの経験を思い出す。持ち合わせの新聞か鞄を頭に乗せて走ったこともある。傍から見ればホームレスのようであったかもしれない。この句の面白さは、結句の「果たすなり」が武士が使うような言葉なので、そのギャップを伝えていることにある。

四五人で夜道を帰る姫ばなし　若菜連箔印

この句の状況を『誹風柳多留一一篇輪講』では二説を述べている。①は、姑四五人がお互いにわが家の嫁の悪口を言いながら帰る図。②は、夜道だから婚礼の帰りだろうと指摘する。②説をとったほうが楽しい。正しく理解するより、多少横道へ逸れたほうが面白いこともある。歴史の授業を思い出してみてもそうではないか。

唐土に無イ夢を見て神酒を上げ　柳水連石斧

日本にしかないもので、初夢に見たとなれば富士山の他にない。唐土はからつちと読み、普通にはいまの中国、当時の唐を言う。しかしここでは、外国全般を指している。そのほうが初夢の富士山らしくなる。お神酒を神棚に供えたくもなろうというものである。

引はづれはづれて堀の女房也　桜木連木綿

引き外すを辞書で引くと、身を引いて去る（『広辞苑』）という意味も出てくる。吉原の遊女が身請けされることもなく、最終的には舟宿の女房に納まったということである。作者は『誹風柳多留』の編者でもある木綿（呉陵軒可有）である。

よべば蜘行ヶば風にて手におへず　柳水連雨譚

遣唐使として吉備真備が唐に行ったときに、宝誌和尚に邪馬台詩を作らせこれを読ませた。しかし真備はこれが読めず、眼をふさいで住吉明神、長谷観音を念ずると、何処からともなく一匹の蜘蛛が詩の上に落ち糸を引いたので、容易に読みえた（『川柳大辞典』）という故事がある。風は元寇の役の神風であろう。

龍顔ことにうるわしき初の雛

養老連婦美

竜顔はりゅうがんと読み、天子の顔。現代なら天使のような顔といいたいところである。初めての女の子の誕生である。浮かれすぎもやむを得ない。

谷中門くぐるハけちな花見連れ

橘連露蝶

上野に花見に来て、二次会をどこでやろうかという図である。谷中門は上野寛永寺から谷中方面への出口である。近くにいろは茶屋という水茶屋がある。いまで言えば喫茶店である。この時代東門、清水門、新清水門、谷中門、下谷口南門、北門とがあった。北門を出れば吉原へ抜けられる。女性も交じる花見ではなかっただろうか。

哥かるた気色とらぬともっととれ

柳水連鉄炮

かるたは百人一首。気色にはいろいろの意味があるが、ここでは気分、意識のしすぎということではなかろうか。なかに気になる女性がいて、つい張り切りすぎたのである。明治ごろまで、この

かるた取りは恋の駆け引きに使われていたようである。それは当時の文学作品にも頻繁に出ている
ことでもわかる。

意趣でも有ルかなにもかもいせしるし　柳水連雨譚

『伊勢物語』は平安期の文学作品で作者は不詳ながら、主人公は在原業平とされている。業平は実在の人物で、平安初期の歌人で三十六歌仙の一人である。百人一首の「ちはやぶる神代も聞かず竜田川からくれなゐに水くくるとは」は有名である。多聞に伝説化され、二枚目で、色好みにされている。『伊勢物語』は一二五段まであり「むかし、をとこ、ありけり」で始まる。いずれも業平を想起させる。作者と主人公との関係が知りたいところである。「しるし」は「記し」である。

ひろって喰ふやうな汗を四ツ手かき　柳水連四龍

「ひろって食うやうな汗」とは「拾って食えるような玉の汗」で、その比喩の巧みさに驚かされる。「四ツ手」は四つ手駕籠で、ここではその担ぎ手のことである。九・八で仕立てていて、リズムも破綻していない。むしろそれが句を引き締めている。

吉凶ともにふり袖顔へあて　柳水連雨譚

吉凶の解釈がいろいろにとれそうだが、私は単純におみくじのことだと思う。そのほうが振袖が生きる。いかにも若い女性の仕種を感じさせる。振袖は若い女性を表わす小道具に古川柳ではよく

使われる。

ふり袖は言ひそこないの蓋に成　柳多留初篇

振袖をおさへてひなを直す也　同　一〇篇

若い女性の仕種が鮮やかである。

すでの事柳百本に成る所

橘連狐穴

柳は柳沢吉保の略称。柳沢吉保は徳川五代将軍徳川綱吉に仕え、小姓から甲府十五万石の大名にまで上りつめる。綱吉の寵愛を受け、さらに、百万石の太守たらんとして策を弄したが、他の重臣に阻止されたという。その俗説を詠んだもの。「すでの事」もう少しで、というほどの意味で惜しかったなあというからかい気分で遊んでいる。

土産をば身ぶりで咄す長局

橘連狐穴

長局は大奥の長い一棟の居室であるが、川柳ではそこで働く奥女中を指している。老女のお供で、たまさかの芝居見物を身振り手振りで話しているのだ。たのしかった様子がよくわかり、普段いかに抑圧されているかでもある。女性だけの生活の気詰まりもあるだろう。

遊ぶ日もこわい顔みる年季者

桜木連授翁

年季者の休日は年二回の藪入りしかない。しかもその日は各地にある閻魔堂も賽日となり、年季者と言われる少年たちで賑わう。怖い顔とは閻魔大王の顔である。それでも毎日顔を合わせている、番頭さんや親方よりは怖くないのかもしれない。

らん丸ハおつうが尻をつめる也　兜連舎丸

蘭丸は織田信長の小姓だった森蘭丸である。おつうは小野正秀の娘で、浄瑠璃の創始者と言われる小野於通である。初め織田信長の侍女であった。そのころ蘭丸も彼女に気があって、お尻をつねったかもしれないという想像句である。川柳子とは想像力の逞しい人が多かったようである。

あふぎうりかけ取の気をよわくする　鶴亀連車印

「扇売り掛け取りの気を弱くする」とすればわかり易い。扇売りは年始に配る扇子を売り歩くのだが、これは元日の明け方にきたものらしい。となればもう掛け取りが走り回る時刻ではない。未回収分は次の晦日を待つしかない。それにしても昔は、折り目正しい生活があったのだとしみじみ思わせる。

不二をへだててほうばいを持て居る　橘連沢麟

呉服商いの越後屋は駿河町の道を隔てて並んで店をかまえている。どちらからも富士山がよく見える。富士山をへだててという誇張した表現に笑いを誘うものがある。また言われてみればなるほどと思う。三要素で言えば、穿ちの作品である。

花の山やぐらの跡へ塔を立て

桜木連山田

花の山と言えば上野である。ここには藤堂高虎、伊賀三二万石の屋敷があった。その後そこに上野寛永寺が建てられた。つまり塔が建ったのだが、それだけでは面白みに欠ける。私は藤堂と塔堂の掛け詞を意識した作句ではないかと思っている。かなりの独断ではあるけれども。ちなみに伊賀は上野国である。

中しょうぎ御后の出ぬ斗なり

若菜連烏口

中将棋は、ちゅうしょうぎと読み、古い将棋の一つで、駒数が九二枚もある。王将や竜王などいくつもの位があるのだが、なぜかお后の駒がない。お后は戦が嫌いだからだろうか。

観音にふらついて居て目立也

養老連都

観音は浅草寺である。吉原へ行くにはまだ陽が高いので、浅草寺の境内で時間つぶしをしているのである。それも一人ではないので目立つのだ。ふらついている本人は、おそらく、そのことに気が付いていないのだろうな。だから面白いのである。

あっさりとしたは大屋の松かざり

初音連喜朝

大屋は家主もしくはその代理人をいうが、正月には店子に門松を立ててやったり、鏡餅を配ったりしていたようである。その門松があっさりとしていて、けち臭いと店子の感想である。

品川のほたけ一日なげて居る　橘連鯉紅

ほたけは火焚とも書き、鞴祭りのこと。鞴祭りは旧暦十一月八日に行なわれる、鍛冶屋・鋳物師など鞴を使う者が行なう祭り。品川と言ってもここは芝白金町あたりの袖ヶ浦。ここに伊達綱宗の下屋敷があった。綱宗は政宗の孫にあたり、遊女高尾を吊るし切りにして殺害した。そのことで下屋敷に蟄居を命じられていた。その暇々に刀鍛冶の真似ごとのようなことをしていた。鍛冶には鞴は付きもの。十一月八日には鞴祭りもやったことだろう。この鞴祭りには必ず蜜柑を撒いて子どもらに拾わせる風習があった。このとき子どもらは「撒け撒けしんしょ、鍛冶屋のびんぼ」と囃した。綱宗は意地になって一日撒いていたことだろう、という想像句である。

松葉屋ハついついに買ふさくら艸　養老連蓙松

松葉屋は吉原江戸町一丁目の角にあった妓楼である。新吉原の江戸町一丁目は大門を入って番所の脇にある、吉原の一等地で、松葉屋は『吉原細見』の筆頭に載っている大店である。大きな妓楼だから従業員も多い。また、部屋持ちの遊女は禿を二人くらい従えていた。ついついは対々であろう。春になれば桜草売りも来たことだろう。それを格子先から買うのである。

春の買ものだと隣からなだめ　高根連五連

正月用の買い物で浅草の歳の市に行ったのだが、そのまま足を延ばして吉原へ寄ることになり、その結果朝帰りとなる。その揉め事の仲裁にはいったのが隣のあるじ。この人とて同類である。つい亭主のほうへ味方してしまう。

生酔に沢山かけてしかられる

旭連露蝶

生酔は酔っ払い。ここでは酔いつぶれてそのまま寝ている状態である。風邪でも引かれては困るので、布団でも掛けたのだろう。それを暑がってか、重くるしがってか、はねのけたのである。それを「しかられる」としたところに、掛けた人の思いやりを感じるし、古川柳らしいほのぼのとした思いが伝わってくる。

そっと持出せ海鼠だと十三日

靍亀連名古屋

十三日は十二月十三日。大掃除の日である。海鼠は藁を溶かすと言われているが、岩波の『日本古典文学全集川柳狂歌集』では「床がぐにゃぐにゃになった古畳」と説明している。貧乏長屋の大掃除風景である。

鬼に成てといふ人ハ情知り

靍亀連瓢隠

褒めることはしても叱るのはしたくないのが、普通の人である。それをあえてするのは、その人を心から心配しているからである。この句の情とは本物の愛情である。

出来ぬそうだんを二日路先でする

橘連鯉紅

「二日路」は二日がかりの道のり。この場合出来ぬ相談だから、結果として二日路的論議になるのだろう。先延ばし、先延ばししながら、結局玉虫色の結論にたどり着くのだろうか。現代の国会議論を言い当てているようでもある。

暑ひ事出張ッた芬の方を漕ぎ　若菜連中印

夏の猪牙舟である。この舟には屋根も日除けもないから、舟は松の枝の伸びた下辺りを漕ぐようにして進む。夏の吉原通いと思いたいが、日中から吉原でもあるまい。

小言いふ内になくなる春の雪　桜木連大柳

春の雪の儚さであるが、小言の内容も気になる。雪をいいことに、吉原での居続けを責められているのだろうか。小言をいうほうも、春の淡雪のような空しさを感じているに違いない。

親類イもないか間男施主に立ち　養老連婦美

亭主が亡くなって、女房の浮気相手が、その葬式の施主に立ったということである。親戚が近場に居なかったのだろう。密葬のような淋しい葬式を思い浮かべてしまう。

夫婦して女郎を買ってはかゞ行き　柳水連石斧

夫婦で吉原通いを続けたということであろうか。財産を失くすのには、はかがいったことだろう。子どものいない夫婦と捉えれば納得がいく。

手を打てお出お出と子ぼんのふ

柳水連玉簾

わかり易いので今更の感がある。孫の句にでもすれば今風になるが、それ以上の広がりはない。

飯たきを鴨に仕立てる忩の内

桜木連芦舟

古川柳は江戸っ子の優位を誇張するので、やたらに差別語めいた言葉がある。むく鳥、相模下女の類である。この句の鴨もそうである。現代でもそうだが、人間を動物にたとえる場合ほとんどそうである。ここでは下僕の異称である。年始の礼には下僕を従えるが、飯炊きのおじいさんで間に合わせたのだ。現代ならさして珍しいことでもないだろうが、身分制度が厳然としているので、言葉や着ている物でもそれと分かるのである。不都合ではあっても、時代に添って生きるには都合よかったのかもしれない。

人先へちゃんちゃんと済む下戸の礼

柳水連玉簾

お正月の年始廻りである。下戸は酒が出ても呑まずに失礼するから、ちゃんちゃん（きちんきちん）と、人より先に済んでしまう。ちゃんちゃんを今風に言えばしゃんしゃんしゃん総会のように感じた。

御かいこにくるまって居て富を付ヶ

桜連計志

お蚕ぐるみとは、絹物ばかりを着ている贅沢な生活をしている人である。何不自由なく生活しているのに、富くじを買ったということである。人の欲には限りがない。宝くじ売り場で何万円も買っていく人を見たことがある。欲があるから人間上を目指すのだという説もある。

もろ白髪迄囲レのふばたらき　靏亀連松霍

身分の高い人の側女は、後継者を生むことが仕事のようなものだが、商人や僧侶の囲われ者はむしろ子どもを生んでは困るのだ。後継ぎの問題が絡むからである。したがって、共白髪になるまで何もしなくていいのだ（？）

満仲の役が仕納メ新五郎　柳水連雨譚

満仲は源満仲で、多田満仲（ただのまんじゅう）とも呼ばれている。新五郎と饅頭が結びつけば、たとえ江戸通でなくても、おおよその想像はつく。絵島生島事件である。

絵島生島事件のあらましはこうである。絵島は七代目将軍徳川家継の生母月光院に仕えた大奥の大年寄りである。芝居好きで木挽町の山村座に通って、ここの二枚目役者生島新五郎を贔屓にしていた。新五郎が江戸城へ忍んで来るときは饅頭の蒸籠に隠れはいったという。それが露見して二人は島流しになってしまう。これは俗説で、どこまでが史実か分からないが、絵島は信州高遠に流され、そこで亡くなっている。新五郎は三宅島に送られたが、帰ってきて江戸で亡くなっている。

「島へ島忍んだ果は島の沙汰　柳多留八八篇」という狂句仕立ての句もある。

留桶で汲むをやっかむ寒イ事　若菜連東里

留桶とは、湯屋、今でいうなら銭湯であるが、そこに自分専用の桶を持っている。今風に言えばマイ桶ということだが、それで湯を汲んでいるのだ。湯屋には備え付けの桶もあるのだが、数が少ないのでときには待たされることもある。寒いときはやっかみたくもなろうというもの。

娵の礼かしわめん鳥つれて出ル

靍亀連松霍

かしわは羽毛が茶褐色の鶏（広辞苑）で、雌鳥だから女性であろう。姑と解してもいいと思う。娵の礼は、花嫁が姑に連れられて町内に挨拶に廻ること。嫁は華やかだが、ついて廻るのがかしわ雌鳥だから、意地悪をしそうであるという作者の意思が読み取れる。

たん命ハ松しいの木ハながらへる

養老連都

松と椎の木となれば大川沿いの首尾の松と対岸の松浦邸の椎木だろう。短命とはその松が枯れ、植え替えられたことを言っているようだ。椎木の巨木はよく見かけるので、長命と見立てたものか。推測を出るものではない。どなたかご教授願いたい。

ちんぽうを鑓さすまたの中で出し

柳水連石斧

関所風景である。相手は子ども。小さな子どもは男女の見分けがつき難いので、刺股で確認しているのである。子どもの一人旅とするならば、抜け参りの小児であろう。

抜け参りとは、父母や雇い主に断りもなく、伊勢神宮へお参りに行くことで、帰ってからも罰せられることはなかった。また無銭で宿を貸したり、励ましてくれる人もいた。人情厚き時代でもあったのだ。

手と足のよっ程長い鏡とぎ　　柳水連石斧

当時の鏡は銅製なので、すぐ曇る。そこで鏡研ぎという職人が生まれる。多くは腕や脛を出した、つんつるてんの衣服をまとっていた。腕や脚が長いのではなく、生地を倹約していることを、からかっているのである。

手水組でハ無イかなと局いひ　　桜木連如雀

トイレほど呼び名の変遷のはげしい場所はない。手水は手や顔を洗う所であるが、トイレのこともいう。普通の言い方は後架、雪隠だろうか。この時代手水とはかなり上品な言い方である。したがってこの句も上品かと言えばそうではない。言っている人がお局様だからである。

突然話は下品になるが、小便組という言葉がある。妾奉公を生業としているものが、相手の男が吝んぼだったりして、気に入らないとき夜尿症の振りをして、支度金だけいただいて暇を取る輩である。大奥での悋焼き半分の品のない噂だが、言葉だけは上品ぶっている。

一たびゑめば母おやへ扶持が来る　　柳水連石斧

落語に『妾馬』がある。テープではあるが、志ん生のものを何度も聞いている。これはおつるという娘が大名奉公に出たのだが、殿様のお手がついて側女となる。その上男の子を産み、世継ぎの生母となる。こうなると正妻同様の扱いになり、周りも殿様もちやほやして、なんでも言うことを聞いてくれる。このおつるには出来の悪い兄がいる。名前は八五郎という。殿様に召しだされ、出世をするという話である。そのおふくろバージョンである。

芝の戸を出れば四ツ手八ついて来る

若竹連狸仲

芝と言えば現在の三田・新橋あたりだろうか。そこの粋な家から出てきた人の行く先は、品川と予想がつく。歩いて行くのはしんどい距離である。遊びに行くのだから、見栄も張りたい。そんな心理を読み取ってだろうか、客待ちの町駕篭がついて来る。乗ってくれるのを期待しているからである。

紅麻の置手拭で浅黄しゃれ

橘連狐穴

紅麻は「べにあさ」または「こうあさ」と読み、麻布を紅く染めたもの。それを頭に載せて意気がってみたものである。浅黄は浅黄裏で、田舎武士への蔑称である。江戸っ子気取りの視線が気になる。

馬鹿斗いって鼓をたたく也

養老連長笑

正月の万歳風景である。正月に各家を廻り、笑わせながら、その家の幸せや繁栄を鼓で囃したてる、一種の門付けである。江戸へ来たのは多くが三河出身だったので、三河万歳ともいう。普通太夫と才蔵の二人組みで、才蔵が笑わせ役である。

きっとした顔でふんどしきらひ也　柳水連雨譚

褌は男の下帯である。誰でもつけるものだろうが、それが嫌いとは特別な意味があるのだろうか。私は同性愛志向の男性と考えてみた。そうすると「きっとした顔」が生きてくるからだ。根拠はない。

作者の小山雨譚は柳水連の有力メンバーで、名句をたくさん残している。また、川柳評万句合勝句刷をたくさん保存しており、古川柳研究にも大きく貢献した人である。

下女が色いとし男が五六人　養老連鼠十

相模下女に象徴されているように、古川柳のなかでは下女は好色とされている。そうしたからかいの句である。

安永五　催主　星運堂
申の孟春　補助　薩秀堂
（ここまでは何かの催し物で、句主の表記がある）

公家ならばどふしなさるとかねを付け

鉄漿、おはぐろである。普通既婚女性のたしなみであるが、公家衆も用いた。これは新婚の妻が鉄漿をつけているところをからかっている夫に対して、妻の逆襲である。「あなたも公家ならやらなければならないものよ」と、貧乏暮らしを揶揄している意味合いにもとれる。

けいせいにうめられて居る惣仕舞

惣仕舞とは、一軒の妓楼の遊女を買い切ること。現代風に言えば貸切りである。貸し切りと言っても、その日の費用のすべてを負担するのだから、よっぽどのお大尽である。周りに遊女を集めて、女護が島状態である。紀伊国屋文左衛門か世之介にでもなった気分ではなかろうか。

きせるにて届かぬと妾ウ人をよび

「うちの亭主は縦のものを横にすることもしない」とは、夫に対する妻のぐちである。妾もまたそうした生活を当然と思っている。抱え主への媚態なら可愛くもあろうが、お手伝いさんにしてみれば、煩わしいだけである。

あなどってげい子合ィの手なしに弾

カラオケでの前奏、間奏は常に正確であるし、のど自慢の伴奏も歌い手に合わせてくれる。芸子もある程度は歌い手に合わせようと努力をするはずである。しかしなかには常識を超えた音痴もいて、芸子をあきれさせるほどの調子外れがいるのである。

かんざしでかきやと山出ししかられる

叱られているのは田舎から出てきたばかりの下女である。叱っているのは、雇い主のおかみさんである。指で頭を掻いてはいけないというのだ。洋食を箸で食べて叱られているような感じである。江戸へ来たのだからもっとスマートにということか。

角田川二十二三な子をたづね

謡曲『隅田川』は、十二歳ほどの梅若丸を尋ねる母の物語である。ここでは十歳も年上である。川向こうには吉原がある。そこへ行ったきり帰って来ない息子を、心配している母の姿をパロディー化した面白さに仕立てている。私も木母寺を訪ねたことがある。何度かの火災で本堂も近代的になっているし、石碑群も整理されていて、縁起でしかそのようすがを偲ぶほかはない。

赤イかと御さいに顔を見て貰ひ

御さいは御宰または御菜とも書き、正確には御宰領で、奥女中に仕える下男である。奥女中が代参か何かで外出した際に、どこかで酒を飲んできたのである。屋敷に入る前に酒が顔に出ていないか訊いているのだ。

見る人の無イが紅葉の名所なり

紅葉の名所として正灯寺や海晏寺が知られているが、いずれも近くに男の遊所がある。正灯寺は吉原に近く、海晏寺は品川に近い。紅葉見物をだしにした輩がいかに多いかということだが、昔はよかったなどという男性がいまでも居るかもしれない。

入むこの諷四五人弟子がつき

諷は「そらんじること。暗誦すること」（広辞苑）とあるが、ここでは謡曲、つまり謡いである。謡いは男の道楽、それに対して入り婿は真面目が取り柄で見込まれたもの。このアンバランスが面白いのだが、弟子の目的はこの家の家付き娘に関心があるのかもしれない。

物もふに凧をはしらへくくりつけ

きちんとしたお屋敷に、突然の来客であわてふためいている様子である。凧を揚げているということだから、松の内の来客だとすれば、慌てふためくさまが、余計にリアルになる。

かこつけの仕廻か市とむすこ行キ

かこつけは託けで、口実である。市は歳の市（正月用品を売る市。各地で開かれたが、ここは十二月十七日、十八日の両日の浅草観音市であろう）。歳の市を口実に吉原にでも廻ろうという算段である。これが今年の言い訳の総仕舞いである。

川柳に出てくる息子は大体大きな商家の息子で、道楽者の設定である。いまどきのマザコンとは違う大らかさが感じられる。

馬の跡足ははねるがしうちなり

芝居の馬は二人の役者が前足と後足を受け持って演じる。前足は首を振ったり、傾けたりと多少演技らしいことをするが、後足はせいぜい跳ねることぐらいしか、やることがない。仕打ちは、舞台における表情動作、言うなれば演技である。

是切のこねとりぐっとさし上る

餅つきは年末風景の一つであった。搗き手と捏ね手の呼吸が絶妙だと、見ていてもたのしい。搗きあがった餅を捏ね手が大きく差し上げて見せているのだ。

世の中便利になった。餅搗きも機械がやってくれる、というよりも、機械で搗いたものを買ってくるというのが正しい。昔を懐かしむのは、年寄りの証拠であるが、便利になったことで、失われたものの大きさに気付かないでいるのは残念である。

御局の病気引とりての多さ

御局は江戸時代大奥で局を有する奥女中（広辞苑）のことである。局は区切ったところという意味合いだから、御局は部屋持ちの奥女中である。身分も高く、したがって給料もいい。その上貰ったお金を遣う機会がない。お金も貯まるという寸法である。たとえ病気でも引き取り手が多いのは納得できる。

ちかづきに成ツて熊谷首を取

熊谷直実は鎌倉初期の武将で、武蔵熊谷（現在の埼玉県熊谷市）の人。『平家物語』や謡曲『敦盛』、芝居などで著名な人である。これも『平家物語』の一場面である。当時の合戦は名乗りを揚げてから戦いが始まる。近付きとは、お近付きというほどの意味で、のんびりしているようで、内容は深刻である。

直実は武将としては一流とは言えないながら、知名度だけは抜群で、さまざまに川柳の材料にされている。

おかざきをくらやみで引く御じゃうたつ

ピアノのレッスンでよく「ねこふんじゃった…」が裏の家から聞こえてくるが、この句はその三味線バージョンである。川柳で「おかざき」と言えば「岡崎女郎衆…」を冒頭とする小唄（川柳大辞典）のことである。三味線の手習いはまずこの曲から始まるのだ。どこかのお嬢さんが譜面も見ないで引けるようになったのだろう。

四人りのなげき気のちいさな二人り

二人は心中をした二人。四人はその両親である。よほど思いつめてのことだろうが、相談してくれればどうにかなったのに。それにしても気の弱いことをしてくれた、とは両親の嘆きである。現在でもありそうな場面であるが、ことの大きさは、起きてみないとわからないものともいっているようでもある。

直グ針で釣ッた八鯛のつくりなり

海老で鯛を釣る話は私の周りにいくらでもある。太公望は最初から魚を釣るつもりはなかった。だから魚のかかる鉤は必要なかったのである。彼には大望があり、釣り糸を垂れながら世を避けていたが、やがて文王に用いられ殷を滅ぼした（広辞苑）。これは事実とは違うようだが、俗説のほうが面白いから、句になりやすいのだ。

足斗出来てあわれな十五日

十五日は十一月十五日、七五三である。足袋もしくは下駄は買うことが出来たが、羽織・袴まで都合できなかったのである。七五三の祝は普通実家の父母が整えるものだが、それが出来ない事情があったのだ。私は親に認めてもらえない夫婦の子どもの七五三風景ではないかと思う。そのほうが哀れさが生きてくるからである。

ねてからのきき耳まくら二寸あげ

姑が若夫婦の寝室へ聞き耳を立てているのだろうか。分からないのはなぜ二寸（約六センチ）かということである。一寸と書いてちょっとと読ませる。それよりちょっと関心が高いということではなかろうか。姑の関心の高さを言ったのだろう。

百人一首きうせん筋も壹人有

弓箭筋とは、人差し指と中指との間に筋の入っている手相。剣難の相（広辞苑）という。鎌倉右大臣源実朝は頼朝の次男で、鎌倉幕府の三代将軍である。歌人としても知られており、歌集に『金槐和歌集』がある。『修禅寺物語』は実朝の兄頼家最期の物語であるが、実朝に殺されたという説もある。建保七年一月、鶴岡八幡宮参拝の折に、頼家の子公暁に殺される。剣難の相である。

きつきつと払ハ出るが茶もくれず

きつきつは屹屹または拮拮と書き、いかめしいさまをいう。ここでは無愛想のことを言っている。現代だって集金人は歓迎されない。この人が取り分けけちだからとは思わない。武家であろうと商家であろうと変わりはない。

しやう香をすへ膳でする女施主

夫が亡くなっての女施主である。古川柳は男の視線になるので、どうしても興味本位になってしまう。それでなければ関心を持ってもらえないという事情もある。この句も単なる焼香の風景であるが、据え膳に含みがある。

扱なんとなきだすべいとかきたてる

軽井沢辺りの飯盛り女が、足の遠くなった客の男へ、誘い文を出そうとしている図ではなかろうか。どう泣いてみようと、女の涙に鼻の下を長くするのは、古今東西普遍の図式である。

かん応寺つきべりが先ヅ二わり立チ

感応寺は谷中にあった富くじで知られる寺である。ここでも当たったとしても二割ほど手数料を引かれる。一の富の千両が当たったとしても、手元には八百両しか入ってこないことになる。勧進元は損をしないシステムになっている。つきべりは突き減りのこと。富くじは槍で突いて決まるからである。

この寺には五重塔があり、「感応寺慾気のないは塔をほめ」という句も残っている。幸田露伴の『五重塔』のモデルになったものだが、戦後火災で焼失してしまった。

はりひぢをして八辻番とって喰イ

張肘とはふところ手をして、左右に肘を張ること。得意のさまをいう（広辞苑）。とあるが、それよりも緊張感の無い状態である。何を食ったかというと虱や蚤を捕まえて、口へいれたのだ。辻番には年寄りが多かったし、退屈でもあったからであろう。

ぬけた夜着いますがごとくふくらませ

一読明解ながら、シチュエーションの想像は広がる。ここはお店者が寝たふりをして夜遊びに出かけたとする。行く先は吉原あたりであろう。これも古川柳の約束ごとのようなものである。吉原の花魁が客の寝たのを幸いに別の客へ枕を変えたということも考えられる。

五六番までせんじろと月行事

月行事とは、町内の五人組の一人ずつ毎月交代で町内の世話を焼くその当番のこと（川柳大辞典）とある。どこの町内も予算は少ない。自然にけち臭いことをいうようになる。番茶も何度も煎じろということである。二番煎じを笑っていられない。

おはぐろの邪魔鼻先へちょいとつけ

鉄漿つけをしている母親に、幼児がつきまとって邪魔をするので、その鼻先へちょっと鉄漿液を付けてみたのだ。微笑ましい光景ながら、鉄漿つけ作業も大変だと思う。

弐歩がものかりたら下女は立ちのまゝ

弐歩とは二分の一両である。下女には大変な金額である。おそらく前借だろう。何のためかと言えば、実家の無心が考えられる。あるいは恋人という名のいろだろうか。どちらにしても、苦労が見える。立ちのままとは、何の支度もせず、つと立ったままの意（江戸川柳辞典）。着の身着のままということである。

十三日伴頭白いざいをふり

十三日といえば、師走の大掃除である。番頭さんの指揮の下に、みんな忙しく働かなければならない。番頭さんは指揮するだけで、自分では働こうとしない。ざいは采配。

ゑびす講上戸も下戸もうこけへず

恵比寿様は七福神の一人で、商売繁盛の神様である。とくに商家では十月二十日の恵比寿講を盛大に行なう。上戸は酒で、下戸は料理で腹いっぱいになり、動けないほどである。それほど普段の食事が貧しい状態であることも想像される。

うけるから見れバ六てん女房はり

六点張とは花札賭博の一種である手本引きで、六枚の全てに張ることで、必ず一枚は当たる。受けるはばくちに勝つことだが、六点張で金額がプラスになることは考えにくい。ここは何事にも固く、しっかり者の奥さんを自慢している図ではなかろうか。

明店の札所〳〵に張る十四日

明店の札＝空き家札である。十四日は十二月十四日。赤穂浪士の討ち入りの日である。四十七人も出ていったのだから、あちこちで空き家札を貼るのに忙しかったろうという、うがった見方をしている。

はるまねをいたしましたと手引きいひ

手引きは盲人の介助者。この句は『川柳風俗志』（西原柳雨編）では、瞽女の項で紹介されている。瞽女と交わったあと相手を殴るという奇習があった。多分その相手への気遣いではなかろうか、と説明されている。

めしの時つきやいしやうを付けて喰イ

分かり易く表記すると、飯の時搗き屋衣装を着けて食い、となり分かり易い。搗き屋は米搗き屋で、注文のあった家の前で米を搗く。いわゆる拝み搗きで重労働である。上半身裸で仕事をする。飯のときくらいは衣装を着けるのは礼儀である。ご馳走になることも少なからずある。

なげられもしやうかと初会片くろう

初めての吉原である。初会は冷たくあしらわれるだろうと、覚悟の上の登楼である。その気遣いが片苦労である。遊びに行くのにつまらない神経を使うものだとおもうかもしれないが、これが吉原の仕来りである。二回目で裏を返し、三度目で初めてなじみとなる。吉原の商売上手なところであり、川柳の約束ごとでもある。投げられるとは、ひじ鉄砲をくらうことである。

どらが居たならとまくりを母のませ

まくりは海人草とも書き、煎じて回虫駆除の漢方薬となる。嫁に赤ん坊が生まれたのに、どら息子はどこへ遊びに行ったのか帰って来ない。愚痴を言いながらも母親が替って、煎薬のまくりを飲ませている。嫁への気兼ねもあるのだろう。親不孝の息子である。

げだつ物語で当る村だんぎ

この句、九・八で読むか、「解脱物、語りで当てる村談義」と読むかで解釈がちょっと分かれる。「解脱」とは、仏教用語で、現世の苦悩から解放されて、絶対自由の境地に達することだが、こんなことはありえない。あり得ないことだが、誰もが憧れる境地である。やさしい語り口調のほうが分かり易く、談義も人気になりそうである。

鈴の音がやむと友成たびへたち

友成とは謡曲『高砂』に出てくる阿蘇の宮の神主である。友成が都見物に出かけるときの様子であるが『高砂』の筋が分からないとわかりにくい。謡曲『高砂』は住吉の松と高砂の松が夫婦であるという伝説を素材とし、天下泰平を祝福する。婚礼などのお祝いなどに使われる。「…阿蘇の宮の神主友成とはわが事なり。われいまだ都を見ず候ふほどに、このたび思ひ立ち都に上り候」と旅にたつのである。

山公事も甲斐と駿河ハきついはれ

山公事とは、山林または山地に関する訴訟のことである。甲斐と駿河の山となれば富士山である。現実にそうした訴訟があったようではあるが、ここは富士山からの眺望を詠んだものではなかろうか。「きつい」は甚だしいというほどの意味で、晴れがましさを強調したものである。言うなれば、お国自慢である。

能娘もってあらくれ武士となり

あらくれ武士と言うべきか、がさつなというべきかもしれない。与太郎出世物語の父親バージョンであるが、可愛げに欠けるものがある。これはあくまでも物語であって、実話がそうあったとは思えない。

真っさきのむれ田楽の字に当り

真崎は真崎稲荷のこと。隅田川の西岸の橋場にあり、江戸では一番繁盛したお稲荷さんである（川柳大辞典）。川を越せば吉原である。お定まりの大一座ではあるが、桜も紅葉もだしによく使われるが、信仰とて例外ではない。男というものはといいたいところなれど、ここは読み手の想像力の貧しさかもしれない。

永イ日がすむと跡からお春なが

「永日」は別れの挨拶や手紙などに用いる語で、「いずれ他日ゆるゆる会おう」というほどの意味である（広辞苑）。「春永」は、昼間の長い春の季節で「春永にまたゆっくりどうぞ」などと別れ際に交わす挨拶である。いずれも新年の挨拶だが、前者が男言葉で、春永はお春永などと使い、女性言葉である。新年の挨拶も男優先の時代だったのだ。

葉桜ハ呑む一式のやから出る

酒飲みという輩は、花が咲いては飲み、散っては飲むと、何かと理由付けをして飲みたがる。妻や家族への気兼ねなのだろうか。花は純粋に花を観賞したいという人もいるが、葉桜になれば酒を飲む以外にない。「一式」は、一途に、一方的にというほどの意味である。

人目をもおもった八後家初手の事

後家に対する男目線がいやらしい。前句は「うるさかりけりうるさかりけり」で、まったく大きなお世話である。

十五日置くと八つゞみ長じ也

鼓は家紋を表す。どこの家紋かというと、肥前鍋島家である。『川柳大辞典』では鼓を『わすれのこり』で「鍋島家では、松飾のうへに、藁には鼓の胴を作りて飾る。甚見事なものなり」と説明している。普通松飾は七日で取り除かれるが、鍋島家では十五日まで飾られていた。「長地（ちょうじ）」は小鼓の手組みの一種で、ここではただ単に、長いことを意味する。

おまへよく下女をと跡のむつかしさ

これは浮気をした夫を責めている妻であろう。妻にしてもただの悋気だけではなく、あとの始末の難しさを嘆いている。男尊女卑の時代とは言え、人間関係に変わりはない。誠意というより、後腐れを心配しているのだろう。

車引半てんかぶるつよい暑気

荷車引きが暑さに耐えかねて、着ていた印半纏を頭から被ったようにして汗を拭いたということである。これを書いているのは七月下旬、暑い盛りである。最近の夏は特に暑くて、猛暑続きである。印半纏を頭から被るくらいでは済みそうもない。

尻ッぽから先へ書出すとりの絵馬

荒神様は竈の神様でもある。鶏の絵馬を上げるのが慣わしである。鶏と言えば尻尾が見事で、絵にするときは尻尾から画きはじめて、バランスをとるだろうというのである。

百人の中で西行そきら也

百人と言えば百人一首である。古川柳の約束ごとでもある。西行（一一一八〜一一九〇）は説明するまでもあるまいと思うが、一応触れておかねばなるまい。平安末期の歌人である。俗名佐藤義清。鳥羽上皇に仕える北面の武士であったが、二三歳で出家して全国を行脚する。百人一首の絵札を見ても、他の歌主に比べれば貧しく見えるのも当然。墨染めのころも行脚の服装だからである。そきらは素綺羅で、粗末な衣服のことである。

のぞかれて顔をつっこむみゝたらい

耳盥は左右に取っ手のついた小さな盥。銅製や漆器のものがある。この句は新婚の新妻が、初めて鉄漿をつけるときの様子である。夫に覗かれて、その恥ずかしさで盥に顔を埋めてしまったのである。

牛かたハしりへ廻ッてしかるなり

何となくのんびりした風景である。牛は前で叱ると角があって怖い。だから後ろからのほうが安全である。ならば馬は蹴られる恐れがあるから、鼻面を取ることになる。これも経験則の結論というよりも川柳子の遊び心である。

覚んしたと御針のをひったくり

御針は吉原のお針子で、遊女に針仕事を教えたりもする。御針が少し縫っているのを見て、もう分かったとそれを奪うようにしてひったくったのである。この遊女は針仕事にあまり熱心ではないようである。

出ッ立のころからの儀とていしゅいひ

亭主の旅の留守に浮気をした女房を、大家の前で責めているのである。つまり最初から浮気するつもりでいたのだと非難している。当時の浮気の代償は安くないというばかりではなく、生命をなくしてしまうこともある。この句の場合、女房にまだ未練がありそうである。

御めんなんしと来て何かそっといひ

お目当ての遊女とこれからというときになって、ごめんなんしと、廓の若いもんが出す。この遊女ご指名の客がもう一人来たのである。当然遊女は席を外す。これを貰い引きという。貰い引きとは「遊女が他の客から呼ばれて、今までの座敷を引き下がること…その馴染み客からいえば貰いである」（石井良助著『吉原』中公新書）。当時の人は粋というか我慢強いものだと思ってしまう。遊びに来て持てなかったからといって、けちをつけるのを野暮だとも思っているからであろう。

とう明の有ルせっちんへ度々かくれ

大晦日にはトイレに終夜灯りを点けていたというが、その理由は分からない。忙しいから灯りを点けたり消したりするのが煩わしいばかりでなく、火災の危険防止にもなったからではないだろうか。これも当時の知恵である。借金取りから逃げるにも好都合である。

かたい後家男をたてゝやらぬ也

興味本位の男目線である。ただ身を潔くしているということだけではなく、いささかバレ句がかった言葉遊びにすぎない。

きのじやの衣に始皇のやうなつら

喜の字屋は吉原廓内の台の物屋である。台の物屋とは吉原の仕出し屋である。台に乗せて料理を運ぶからこの名がある。料理には高砂の松に見立てて、松の枝が飾られている。また松と始皇帝が結びつけば「松を五太夫に封ず」の故事に関わってくる。長くなるが『川柳大辞典』の説明をそのまま借りる。

秦の始皇帝が東の郡県を巡って泰山に上り、石を建ててこれを祀り、山を下った時、俄かに風雨が襲って来たので松樹の陰にこれを避けた。その徳により、松に五太夫の位を授けたという。台の上の松が、そんな威張ったような顔に見えたのだろう。

智を持ツて生酔に成ル大三十日

大晦日はその年の掛けを清算しなければならない。取るほうも知恵を絞るが、取られるほうもこの一日だけを逃れようと、ない知恵を総動員する。酔っ払った振りぐらいでは、逃げおおせるとは思えないが…。この句は『老子』の「智を以って国を治むるは国の賊、智を以って国を治めざるは国の福」の文句取りである。

狼に衣てかけの御院号

てかけは妾の字を当てることもある。同義である。殿様が亡くなると、その妾は形だけでも僧籍に入り、院号で呼ばれるようになる。それからの生活は狼が衣を着たような、表裏のある生活となる。

十三日おれをもつけとねだられる

十二月十三日は大掃除、煤払いの日である。大掃除が終わると誰かを胴上げするのだが、俺も胴上げしろと催促する奴もいる。本来祝意をもって行なわれるものだが、売り込みをする輩では面白くない。

木戸ぎわにはぢき仕廻ふを四ッ手待ち

店の手代あたりが帳簿を付け終わるのを、木戸の近くで四つ手駕籠が待っているのである。どこへ行くのかと言えば遊所である。多くは吉原であろう。算盤の音の止むのをじっと待っているのである。現在でも歌手のディナーショーのはねる時間帯になると、ホテルの玄関先は空きタクシーでいっぱいになる。

玉川も高ミにあるはすばらしい

玉川は歌枕の玉川で、全国に六つある。その中で一番高い所にあるのが現在の和歌山県にある高野山の玉川である。この玉川の水は毒があるから汲んではいけないという、言い伝えがある。しかしそれは誤解であるとも言われている。この句は後者の立場だが、素晴らしいとは、現在の大層すぐれているというほどの意味ではない。古くはその逆で、良くないこと。ひどい、とんでもないなどの意味に使われていた。だからこの句もとんでもないことであると言っているのである。

古川柳の難しさは言葉の解釈の問題も大きく横たわっている。けれど、逆にその謎解きを楽しんでいるグループもある。

二つ三つ上なのが出ておびき出し

悪所通いの楽しみを教えてくれるのは、だいたい年上のものである。この句もそんな内容で、二つ三つ年上なのが出て来ておびき出すのである。

いけんきくむす子のむねに女あり

父親が息子に意見をしているのだが、息子のほうは親の意見など聞いていない。それよりもおやじの小言が早く終わることを願っている。親の心子知らずとは言え、この息子も親になれば同じ意見を子どもにするのである。

むごいやつ二文四文で弐分ゆすり

緡はびんと読むが、ぜにさしとも読む。穴の開いた鐚銭を差し通して、まとめておくものである。普通百文を一本にしておく。十本を一把として、原価は五六文くらいのものである。それを二分で売ろうというのだから、かなりあこぎな商売である。やくざ風体の輩に、店先でこれをやられては商売に差しさわりがあったり、後難を怖れて、つい言いなりになってしまう。二文四文ははした金というほどの意味である。子どものころ、ゴムひも売りの押し売りが流行ったことを思い出した。

よく知って来たなと坪をおっぷせる

さいころ賭博である。賭博が禁止されていたことは現在と同じである。しかし、商店主や職人相手に隠れてやっていたのである。この句もはじめはおどおどしていたのだが、やっと壺に慣れてきたことを、常連に冷やかされている図である。

女客膳の間に本が出る

一緒に食事をすることで、お互いの気持ちがわかってくるものである。ついつい本音が出てしまったのだ。相手の気持ちを引き出すには、やはり食事に誘うのが最善である。男なら酒を一本つければ万全である。

ぎんなんが落ると楊枝置いて立ち

浅草寺周辺には若い女性を置いた楊枝屋が並んでいた。その女性目当ての浅黄裏も多かったことだろう。どうせ吉原回りの時間潰しの浅草寺参り、近くに銀杏の樹があった。その銀杏の実が落ちたのを潮に、吉原方面へ方向転換したのである。

おやぶんハこしをぐわらく御門出る

親分と言えば、侠客とかばくち打ちなどの頭目を連想する。ばくちは当時からご法度である。大名屋敷などの中間部屋などが会場となる。腰のぐわらぐわらは鍵の束のおとではないだろうか。推測の範囲を出るものではない。ご存じの向きがあれば教えていただきたい。

浅ぎうらやわらでぎうをきづくせ

浅黄裏は田舎武士の象徴として川柳によく登場する。浅黄裏とて侮ってはいけない。剣術も武術も心得ている。ぎゅうは牛とか妓夫と書き、吉原の若い衆である。「きづく」とは責めていること。平成十九年に第一三七回の直木賞を受賞した松井今朝子著『吉原手引草』の舞鶴屋見世番　虎吉の弁の一部を紹介してみたい。「え？ ああ、わっちが腰をおろしたこの台は牛台といって、まあ、湯屋の番台のようなもんだ。妓楼の入り口にゃあたいていこれがある。なんで牛台っていうのか？ そりゃあこうした妓楼に勤める野郎を牛って呼ぶからだよ。牛は鼻づらを取って引きまわす。へへ、わっちらは祝儀でもって追いまわされてるてェわけだ…」。

てつじやうで御玄関へ来るおそろしさ

てつじょうは鉄杖で、鉄の杖である。借金取りという鬼が金棒を持って玄関に立っているのである。御玄関だから旗本あたりの武家の玄関であろう。立っているのは座頭という高利貸しとその用心棒である。

喰イつみを三十日に喰ツて叱られる

喰いつみはこの篇の二句めにも出てくる、正月のご馳走である。それを晦日に食べては叱られるのは当然であるが、それ以上の広がりが無いのは残念である。

田楽を喰ふ内まゆ毛かぞへられ

眉毛を読まれるとは、本心を読まれることだが、数えるとなると、狐狸に化かされることである。真崎稲荷は吉原に近い。この近くに焼き田楽の店がある。ここで田楽を食っていると、そのきつね色に化かされるように、吉原へ行きたくなる。最初から田楽が食いたかったのか、吉原が目的だったのかは分からない。

あらためにあふとハかたい紅葉也

紅葉の名所として品川の海晏寺、浅草の正灯寺が知られている。どちらも遊所に近い。下総真間（現在の市川市真間）にあった弘法寺も紅葉の名所であるが、近くに男の遊び場所がない。だから固い紅葉ということになる。ここへ舟で行くには中川御番所を通らなければならない（『誹風柳多留一一篇輪講』三樹書房より）。御番所ではあらためがあるので、アリバイ工作に使えるかもしれない。

雨舍リ内義のはらへゆびをさし

一緒に雨宿りをしている女性のお腹が膨らんでいる。つい指を指してしまったのだが、これは小さな子どもと思いたい。子どもは無邪気にお腹の大きさに驚いている。大人だと何という悪意というか、からかいの気持ちが含まれて味気ないものになる。

上下で供の手を引とんだ事

裃は武士の礼装であり、町人でも改まった席へ出る時は着けることがある。この句は新年の礼であろう。普通なら供のものが主人の手を引くところだが、酒に弱いお供なのであろう。文字どおりとんだことである。

ほれて居るだけが女房のよわみ也

ほれていることだけが弱味で、ほかはすべて女房が強いということだが、賢い奥さんに違いない。

哥かるた姉こまや程つんで置

こまやとは、物置小屋と小間物屋の二つの解釈があるようだが、どちらにしてもかるた取りのうまい嫁であることに変わりはない。乱雑に、かつ沢山というほどの比喩である。元気で明るい嫁さんを想像する。

あいそうにいったを下女ハ本にする

愛想にいったことを本当のことと取られたか、本気にされたということである。何を本気にされたかと言えば、好きだよとか、きれいだよといった類であろう。女性を喜ばす手管は今も昔も変わっていない。

御不勝手五色をもれたしうと入リ

御不勝手＝身分ある人の台所の不如意なること。五色＝青・黄・赤・白・黒である。そこから洩れた色と言えばいろいろあるが、ここでは紫を指し、検校のことである。検校は盲人の最上級官名で、多くは金貸しをしていた。つまり困窮した武士の家に検校の娘が嫁いだことで、その家は救われたことが予想される。そして検校が舅として入ってきたということである。

蔦を引ぬいてさくらを植えるなり

蔦は蔓草の一種だが、その葉は伊勢津藩藤堂家の定紋にもなっていることから、ここでは藤堂家を表わす。藤堂家の江戸での屋敷は最初上野にあった。そこから染井に移り、さらに神田佐久間町に屋敷を構えた。去ったあとの上野には寛永寺が建ち、桜が植えられ、桜の名所となった。この句はそのことを詠んでいる。松尾芭蕉もかつては藤堂家の家臣であったことは知られている。そして藤堂家は川柳に数多く詠まれている。

ふり出すとやかたでにくい口をきゝ

にわか雨である。それを屋形船から見ているのである。岸辺で慌てふためいている様子を、悠然と屋形船から笑っているのである。あまり賢い人のやることではないが、それを言ってしまえば、古川柳は面白くなくなる。同じ側に立って冷やかしてみるのも、ストレス解消になるかもしれない。賢い鑑賞法である。

ひょんな事娠しょうかんで坊主也

しょうかんは傷寒と書き、漢方医学で、急性熱性疾患の総称。今の腸チフスの類（広辞苑）。現在の腸チフスには髪の毛が抜けるという症状はないようだが、高熱による脱毛症状の出る場合があったのではなかろうか。ひょんなことは、突然に、思いがけずにというほどの意味だが、文字どおりひょんなことには違いない。

もてた事四ッ手とはなすはしたなさ

遊所からの帰りの駕篭で持てた話をしている。たまさかのことなので自慢したいのはわかるが、江戸っ子の美学ではない。しかし誰かに話したいのだ。

銀ぎせる杢川をのむつらい事

銀ぎせるはご自慢の道具であるが、肝心のいいたばこを買う金がないのだ。杢川は安物のたばこである。それしか買う金しかなかったということである。銀ぎせるは道楽の象徴ともとれるので、この句は勘当された息子の惨めさを言ったものだろう。

けいせいを夜ぶかにおこすみぐるしさ

夜ぶかは夜更けである。すでに眠りに就いた傾城に再戦を挑もうというのだろう。もてない男には違いないが、そう度々登楼できないお店者か、修業中の職人なのかもしれない。江戸っ子の美学より現実をとったのだが、川柳子の視線は厳しい。

おとなしい娘男を度度つぶし

大人しい娘とは、素直で落ち着いている娘ということだが、それがかえって男を駄目にするという。真面目だから、からかい半分の愛の告白には見向きもしないのだ。男を失望させるのはその通りだが、彼女もチャンスを一つ失っているかもしれない。恋の駆け引きは女性優位の時代ということもある。江戸は男性のほうが圧倒的に多いのだから。

なんぼじゃやときけば鰹の直ハ出来ず

この鰹は初鰹である。初鰹を買うか買うまいか、逡巡している暇はない。値段を聞いている間に売れてしまうのだ。それが江戸っ子的美学でもある。「なんぼ」は上方言葉であるから、それをからかっているふうにもとれる。

元ト舩で大の男の針仕事

元船・本船は小船を従えている大船。親船のことである。外洋にも出て、幾日も帰らないこともある男だけの世界である。だから大の男が針仕事をしなければならないこともある。また料理もしなければならないので、そのために魚を釣ることもあるので、そのことも含むだろうという解釈もあるが、針仕事とは普通裁縫のことをいう。ここは素直に鑑賞したい。

まなばしをうしろへ下げてのぞくせ

まなばしとは真魚箸と書き、魚を料理するときに使う箸である。屋敷の宴に出向いた料理人が、箸を持った手を後ろに組みながら、料理のすすみ具合を見て回っているのである。そして次の料理を出すタイミングや味加減の工夫を考えているのである。

かん馬東西にはせたる御本はら

汗馬東西に馳せたる御本腹、と漢字を補えば分かり易くなる。御本腹とは、格式の高い武家の本妻で、後継ぎの男子が生まれたのである。その喜びを親類縁者のもとへ知らせるために馬を走らせたのだ。『太平記』は建武の中興前後の騒乱を記したものだが、その巻二十六に「汗馬東西に馳せ違い」とある。その文句取りである。

明日ありと思ふ心ですゝはらひ

師走十三日は煤払いの日である。そして十四日は赤穂浪士が吉良邸に討ち入りした日である。中七の記述から推し測れば、浪士の心中を詠んだものと思われる。これも親鸞聖人の作とされる「明日ありと思ふ心の仇桜夜半に嵐の吹かぬものかは」の文句取りだろう。

ごふく店所々へつるして手をふかせ

大店の呉服屋と言えば越後屋とか高島屋が知られているが、そうした呉服店では自家の店名を染め抜いた手拭いを寺社のトイレに吊るして、参拝者の便宜を図った。当然自社の宣伝が目的である。現代も駅前でミニティッシュを配っている人がいるが、これもＰＲが目的。ついティッシュの厚さを比べたりする。貰うほうもえげつなくなってきた。

何かきくべしに御ぞうをおくへよび

おぞうは御草とも書き草履取りのこと。下僕の総称である。これについて『川柳大辞典』に『疑問録』の文章が引用されている。孫引用させてもらう。「今武家の草履取を、略き呼でおざうといひ、町家にて丁稚を小ざうと云は、彼の小草履取の名残のやうなれどさにあらず。おざう御草履取の略」。その小僧が何かを訊かれるために奥へ呼ばれたのである。彼は主人のお供で常に一緒に出かけるので、行き先に詳しい。怪しげなところはなかったかどうかを、聞きただしているのである。そんなに簡単に口を割っては主人の信用は得られない。だからと言って奥様の追及も厳しい。べしは可しで当然というほどの意味だろう。

品川へしゝと狼毎夜出る

猪は薩摩武士のあだ名で、猪肉を好んで食べたという。江戸屋敷は芝三田四国町にあった。狼は堕落僧のことだが、増上寺が芝にあるので、これはそこの僧であろう。品川は東海道の最初の宿場町で、男の遊ぶ所がたんとあった。「品川の客にんべんのあるとなし　柳多留七篇」は同想。

いたわしやむすこてうしのそつに成

そつは帥で、そちとも読む。律令制での大宰府の長官。菅原道具が左遷されてきたことは知られている。この句もそれを下敷きにしている。道楽息子が勘当同様に銚子の知り合いに預けられたのである。いたわしやなどと同情風ではあるが、冷笑が含まれている。

暑イ事隣リの宝かぞへたり

夏の土用は暑い盛りである。このころ衣服や書物を陽に当てる土用干しが行なわれる。家中のものをさらけだすので、内情が見えたりする。お隣のお宝がどの程度か分かったもののどうしようもないことである。「隣の宝を数える」とは、役に立たないことのたとえである。

折釘へかけるがいなや早イ事

当時の辻駕籠には折れ曲がった釘があって、履物を掛けるようになっていたようである。そこへ履物を掛けるやいなや駕籠が走り出したのだ。そんなに急ぐ先は吉原に違いない。酒手もたんと弾んだことであろう。

四わりでも坪ハこわいと女房いひ

わりは割りで四倍という。そんな賭け方をする賭博もあったようである。割りには損か得かとの度合いの意味もある。坪は壷で、さいころを遣う賭博全般をいう。女房にしてみればたとえ四倍になったとしても、賭博とは怖いものだという認識は当然である。

外に能キはかりごとなく又もみぢ

遊びに出かけるのにさまざまな言い方があるだろうに、また正燈寺や海晏寺がだしに使われている。綿密な謀はとかくばれやすい。使い慣れた嘘のほうが納得しやすいのかも知れない。

花よりも柳のわびハもつれたり

これは遊びのあとの言い訳である。隅田川岸は桜の名所である。それをだしにして吉原へ繰り込む輩も少なくない。毎度桜ではばれるかも知れないので、梅若忌で知られる木母寺にしたのだが、これがもつれるもととなった。そもそも梅若の縁起話からして、もつれるのは当然かもしれない。梅若を探して母親は狂女になったのだから。

居つゞけに毎朝鼻をつまゝせる

吉原での居続けであるが、あまり色気のある話ではない。吉原では毎朝肥くみが来る。そこで生活する人は毎朝のことだから慣れているが、たまさかの居続けには我慢できなかったことは想像に難くない。にもかかわらずまた居続けをするのだからおかしなものである。

飛ビ飛ビに鉄漿をもらって憎れる

鉄漿はカネと読みお歯黒のことである。既婚女性の証としてこれをつけたが、最初にお歯黒にするときは七人の女性から鉄漿液を分けてもらう習慣がある。普通近所のおかみさんから分けてもらうのだが、飛び飛びでは、来なかったことを恨む人が出るのは当然である。普段意地悪をしている人を避けたい気持ちは分かるが、近所付き合いも大切にしなければならない。

六郷にとどまって居るはなれ馬

放れ馬とは繋がれていた綱を解き放って、逃げ出した馬である。取り押さえるのが難しく、とうとう六郷の渡しまで来てしまった。江戸と川崎を結び東海道に橋はなかった。暴れ馬もとどまるしかない。馬のことを心配してもしようがないが、この馬はどうなるのだろうか。

ちゞめると四くだり程の初ての文

花魁が初会の客に裏を返してほしいという、催促の手紙である。いろいろ書いてはみたが、縮めてしまえば四行ほどで済んでしまう。つまり三行半よりちょっと長いだけという、くすぐりである。相手のことをよく知らないという事情もある。

おかしなさるとうらみだとおやぢいひ

漢字を加えて書けば、お貸しなさると恨みだと親父いひ、となり分かりやすい。息子への飲み屋からの付けへ、父親の恨み節である。しかし相手にしてみれば、商売である、飲みたい人には飲ませなければならない。しかも払えない時は、きちんと支払い能力のある親がいる。下手な保証人よりよほど安心できる。

べら坊で居所の無イ二十けん

べらぼうは人をののしっていうときの言葉である。この句の場合、浅黄裏とか、気のきかないやぼな人を言っているのだろう。二十軒は浅草観音近くの二十軒茶屋である。つまりここは田舎者の来るところではない、と言っているのである。

もとゞりを直して孔子たのみましょ

孔子の名前が出てくれば当然『論語』が頭に浮かぶ。この句も『論語』「郷党第十」の「公門に入るに、鞠躬如たり、容れられざるが如くす」すなわち、宮城の御門を入るときは、おそれ慎んだありさまで、体が入りかねるようにされた(『論語』岩波文庫)、とある。もとどりは髻。髪を頭の頂で束ねたところ、孔子の謙虚なさまを「たのみましょ」などと、俗っぽく言ったところが笑わせどころである。

またぐらへつゝみをあてゝふざけ出し

江戸の正月を賑やかにしてくれるのは三河万歳である。太夫が万歳歌で新年を寿ぎ、歳三が囃す。佳境に入ると歳三が鼓をまたぐらに挟んでふざけだす。ちょっと卑猥な仕種で笑わせたりする。そんなことも江戸の正月の点景で、その賑やかさも理解される。

まづい事たばねた文をぬいて出し

吉原からの使いが、花魁からの文を渡すときの光景だが、たくさんのなかから一通を抜いてだす。いかにも事務的で色気がない。渡すほうは渡すまでが責任で、内容についてまで考えない。事務的にならざるを得ない。それでもまた行く気にさせるのだから、不思議である。

そどく指南の居た跡へにうりみせ

素読指南とは、漢学の先生が論語の素読などを教えるところである。寺子屋ほど本格的なものではなく、浪人が内職程度にやっているものである。武士の商法ではないが、あまりはやらなかったのだろう。長続きせず、そのあとが煮売り店になった。ここは現在の総菜屋というだけでなく、簡単な料理に酒なども供した。

きんぎ書画ならべた斗しりんせぬ

吉原の花魁のトップクラスは、禿の頃から和歌や書画・骨董、あるいは囲碁・将棋にまで、あらゆる分野のことを身につけさせられる。しかし時代が下るとそれがだんだん形式的なものになり、床の間に飾られた軸も読めず、書籍も積ん読ということになる。客もそんなことは気にしない輩ばかりである。たまに訊かれても「知りんせぬ」で済んでしまう。きんぎを漢字をあてれば琴棊で、棊は囲碁将棋の類。

朝がへりだんだん内へちかくなり

吉原からの朝帰りである。それ以上の説明はいらない。それにしても川柳には朝帰りの句が多い。ちなみに『柳多留』二十四篇までで、朝がへりで始まる句が四十六句もある。一六七篇までだと一四九句にもなる。拾遺には二十句、その他に初代川柳選句集にも十句ある。そう、私も暇なので余計なことをしてみた。

あきの守時分ハふっこほどの事

平清盛がまだ安芸守だったころ、伊勢の安濃津から船で熊野へ参る途中、大きな鱸が船へ飛び込んできた。これは熊野権現が、平家の栄えることを予兆したものと捉えた。鱸は出世魚でセイコ、フッコと成長していく。清盛もやがて従一位太政大臣まで上り詰める。

たれながらだあだあといふ下女がせな

下女の兄が田舎から出てきて、馬をなだめながら、草むらに放尿している図である。だあだあは、馬をなだめる言葉である。地方出身者を笑う背景には、江戸っ子の優位を強調するだけではなく、当時の身分制度があると思う。士農工商の中で、誰もが上にいると思いたいからである。

ぬゑをゐた手ぎわに宮ハふわとのり

ぬえとは、鵺または鵼とも書き、トラツグミの異称であるが、ここでは源頼政が紫宸殿で射取ったという、妖怪の先祖のようなものである。頼政はその後、高倉宮を立てて平家追討を図るが、こと敗れて平等院で自殺して果てる。高倉帝はぬえ退治の手際の良さについて乗ってしまったのである。ふわとは、うっかりというほどの意味である。

かけて来た程に娘の用ハなし

この娘は何歳くらいだろうか。現代ふうに考えれば十五、六歳だろうが、当時の娘はその年齢になると、もう結婚話も出てくる。したがって、もう少し下げて十二、三歳と推定したほうが、この句の雰囲気が出る。無邪気で天真爛漫の少女期である。

かんばんを見るなとみそを買にやり

日本橋和泉町に味噌で名の知れた四方ケ店がある。ここへ、丁稚か小僧さんに味噌を買いにやらせようというのだが、ここへ行くには芝居町を通らなければならない。芝居小屋では、派手な看板で客を呼び込んでいる。味噌よりもそっちの方が魅力的なので、つい道草をしたくなるのが人情。だから出かける前に釘をさしておくのである。

六夜きやくあしたハ山のしほれ草

六夜客とは、二十六夜の月待ちの品川遊郭の客である。品川の遊客となれば坊さんである。山は僧侶の異称でもある。遊びすぎてあくる日は、しおれ草のようになってしまうというのだ。ものの本によれば、この句は盆唄の文句取りではないかと推定している。「盆々ぼんは今日あすばかり、あしたは嫁のしおれ草」というのだが、盆の唄はいずれも悲しい響きがある。嫁の日常の辛さをも伝えているようだ。この唄からも推定されるように、七月の月待の句であろう。

五十七人ハあかさかさしてにげ

牛若丸が奥州へ下る際、美濃の国青墓の宿で盗賊熊坂長範を退治した。盗賊は総勢七十人いたというが、そのうちの十三人が斬り伏せられた。残りの五十七人は隣の宿場、赤坂目指して逃げただろうと予測しているのだ。

どこのかみさんだとなぶるかねの礼

初めての鉄漿つけには、近所の女性から少しずつ分けてもらうという句は前にもあった。そのお礼の挨拶の折の話である。見違えるようになった新妻をからかいながらほめているのである。江戸の下町の長屋でもあろうか。のどかな人情話を聞いているようである。

とまり客かしわもちでもよすぎやす

柏餅とは一枚の煎餅布団に包まって寝ることである。親戚か知り合いを泊めたのだろう。あまり上等でない布団で寝かせたことを詫びたのに対して、柏餅でももったいないくらいですと、恐縮しているさまであろう。

あんだけではらをふくハとのらでいひ

方言ふうに仕立ててある。農村風景が思い浮かぶ。当時の農村では村の伝達方法の一つに法螺貝を吹いて伝えることがあったようだ。これは庄屋の婚礼で法螺貝を吹いたら、そんなことで法螺貝を吹くほどではあるまいと、鍬を休めて聞いているのである。

あつがみをへかすやうなハけびょう也

病気は薄紙を剥がすように少しずつ快復するものである。それを厚紙を剥がすように、飛び起きるようでは、仮病に決まっている。いつの時代もこの手を使う輩はいるものである。技法も手段も古典的と言わざるを得ない。

へっついを直すとじきに預ケられ

へっついは竈。民の竈などと、生活そのものにたとえられることもある。どら息子に生活をめちゃくちゃにされたので、そのどら息子を銚子あたりの親戚に預けたということであろうか。飛躍のし過ぎかもしれないが。

月見前ごうをまねきに息子行

九月の十五夜を尊んだのは、空がきれいだから、さらに月が鮮やかに見えたからであろう。それにかこつけて遊ぶのが男で、それを狙うのも商売である。吉原の紋日の中でも、月見は重要な行事の一つである。前から手ぐすね引いてこの日に備える。遊びを覚えたばかりのどら息子は、格好のターゲットである。その結果、息子はとんでもない業を背負わされることになる。

小べんにおきて女房ハ碁をしかり

囲碁や将棋は始まるときりが無くなる。負けても勝っても、もう一番、もう一局とせがむ。これを自宅ではじめられたら、家族はいい迷惑である。慣れた妻は先に就寝する。こうなれば止める人がいなくなるので、際限なく続く。夜中に妻がトイレに起きたら、まだにらみ合っている。もういい加減にしたらと、妻の一喝が入るのは当然である。

二十けんとち狂ふのは一だんな

一旦那とは寺にとって一番大切な檀家ということだが、ここでは茶店の大得意のひとりというほどの意味だろう。二十軒は浅草の二十軒茶屋。そこで看板娘たちとふざけあっている、お金持ちのおじさんである。

硯ぶた度々引きよせるのまぬやつ

硯蓋とは、祝儀の席などで、口取りなどを盛る広蓋のお椀。硯の蓋に似ているのでこの名になった。酒を飲まない奴はやたらに食べてばかりいるというのだ。私などもどちらかと言えばこの口である。酒は料理を美味しく食べるためのものと思っている。お酒の好きな人は料理など見向きもしないで酒を飲んでいる人もいるが、もったいないことである。

もり久のかくにハいかぬ黄八丈

謡曲『盛久』は、平家の侍盛久が捕えられ、鎌倉に護送されて斬られようとしたが、清水観音の功徳で命を助かる（広辞苑）。一方白子屋のお熊は養子を迎えながら手代の忠七と不義を重ね、養子の又四郎を殺害しようとして、獄門になる。引き回しのとき黄八丈の着物を着たという。盛久は信仰によって救われたが、お熊はそうはいかなかったのである。お熊の話は当時芝居にもなっているので、当時の時事吟ととれなくもない。

古川柳の当時は、すんなり理解された句も、時代の波に飲まれて難解になる。それを繙いていくのも古川柳を読む楽しみであるが、ときにはとんでもない珍解釈をしてしまうことがある。ご教授いただければありがたい。

名代の部屋へくやみが弐三人

名代とくれば吉原である。たまさかに登楼すれば、お目当ての花魁には先客があり、しばし妹分の新造が相手をしてくれる。とは言え、客のほうはその新造に手出しは出来ない。お気の毒なことである。そこへ手空きの女郎や他の新造などが、慰めの言葉をかけてくれる。それはまるでお悔やみを言われているようでもある。

御地頭と公事と八古事を知らぬやつ

地頭とは頼朝が諸国の荘園に置いた職名で、荘園の支配をさせた。絶大な権力を持っていて、昔から「泣く子と地頭には勝てぬ」という諺もあるくらいである。その地頭と裁判沙汰とは恐れ気もないことである。作者も後難を怖れてか「御」をつけている。そこが笑わせどころでもあるが、いまでもどこかにこの御地頭みたいなのがいそうである。

大根ハ後におろしたものと見へ

『曽我物語』は、曽我兄弟の仇討ちまでの苦節十八年の物語である。その中に兄十郎の恋人虎御前救出の場面がある。その際、弟の五郎が大根売りの馬を拝借して駆けつけるのだが、その大根を鞭代わりにしたという。先ごろ現在の競馬でも鞭をむやみに使わない措置がとられたが、これも馬への思いやりか。この句は大根おろしと、馬から大根を降ろしたという、掛け詞の言葉遊びの句である。

よし原さなどゝ母にハ強く出る

当時のどら息子は母親を恐がらない。川柳子も母親は息子に甘いものと設定している。だから堂々と「今日は吉原だから遅くなる」と宣言して出かける。母親はただおろおろとするだけである。しかも父親には内緒にしておく。どら息子の甘えであるが、母親にでも正直に告げるうちはまだ初期の段階と言えるだろう。

むし干しを馬上でするハ法師武者

六月十五日は日枝神社の大祭山王祭である。これについて三田村鳶魚の『江戸年中行事』では「凡東都第一の大祭」と書いている。『東都歳時記』には「…天和（一六八一～一六八四）の頃より隔年に行はせらるるとぞ。当社御祭礼は東都第一の大祭祀なり。当日往来を止めて猥りに通行を免さず脇小路は柵を結ひ、桟敷は二階を禁ぜらる。諸侯よりは長柄鑓・幟を出して警固せしめられ、また神馬等を牽かせらる。警固の壮士、行列を揃へて厳重なり」と、ものものしい。その賑わい振りを『江戸名所図会』にも描かれている。実物の象も引かれていたりする。そして行列には冑武者も混じる。平和になって、甲冑の出番がなくなっている。六月は虫干しの季節。さしずめ鎧兜の虫干しである。

あの衆へ酒でもと取ルぼうし針

帽子針は頭巾が飛ばないように止めておくもので、御殿女中のお忍びの装束である。頭巾を取るのは顔を隠す必要のない屋内、すなわち料理屋あたりであろう。着いてきた周りの女中などに、労わりと口止めの意味の、酒を振る舞ったのである。帰りは「赤ィかと御さいに顔を見て貰ひ」ということになる。

けふこそハ本の紅葉と母へいひ

本当の紅葉と言っているのが如何にも嘘っぽい。騙す手口も常套的であるが、それゆえに説得力になっているのである。それを承知していながら、何も言わない母親である。信頼関係というより、どちらも正直なのかもしれない。毎度だしにされている正灯寺や海晏寺は、他にも見るべきものがあるというのに、じつに残念である。

来がゝりにとん死のくやみいって行

急死をした知り合いの家の近くまで来たので、悔みを言って帰ったということだけだろうか。よくわからない。ただ当時は現代よりも、原因不明の突然死は多かったと思われるので、そう珍しいことではなかったかもしれない。よくあることのようにさりげなく詠まれている。

ゑゝ年シでしほの目をするにくらしさ

潮の目とは「愛嬌のある目つき。細くしてこびる目つき。また、子どもの笑顔などをいう」（広辞苑）である。ええ年だから年増の女性ではなかろうか。誘うような、こびるようなそんなふうにとったのは、男性であろう。憎らしさとはいかにも好意的ではないか。

雨舎リ子の行ヶといふ気のどくさ

雨宿りしていたら、その家の子どもが早く行けと急かしているのだ。雨宿りしていたのも子どもかも知れない。古川柳には雨宿りの句も多い。二一篇にも同じ句がある。どちらも前句は「なびきこそすれ、なびきこそすれ」である。今みたいに天気予報などない時代である。雨宿りの場所も大木の下か、他人の軒下を拝借することになる。これも古き良き時代の風情である。

座敷らう薬をのめにゆだんせず

道楽が過ぎて、座敷牢に閉じ込められたどら息子である。自業自得という反省もなく、家族を信頼できなくなる。親切に薬を飲めと勧められても、もしやという気持ちになってしまう。座敷牢なども尋常ではないが、そうなる要素も多かったのも時代ということだろうか。

子の寝びへよく日夫婦けんくゎ也

名句として有名な一句である。朝目が覚めたら、子どもが寝冷えらしく、鼻をぐすぐすいわせている。その責任をお互いになすり合っているのだ。きちんと布団をかけてやらなかったからだとか、亭主の帰りが遅くってよく寝られなかったとかである。若い夫婦のありそうな風景で、微笑ましい。いい子に育っていくに違いない。

百両はふらついて居てとかまらず

富くじである。自分の富札の番号は子の千三百六十五番である。富くじの番号と同じ木札が箱の中にあって、それを槍で突く。その突かれたのが当りである。見ているとその番号のところへ行きそうで行かない。槍先がふらついていて、なかなか自分の番号をついてくれないのだ。

子の千三百六十五番は落語『宿屋の富』に出てくるのだが、これは運よく一番富の当りの、めでたし、めでたしであるが、そうはいかないのが現実である。しかも富くじは一枚一分（四分の一両）もする高価なものである。ちなみにこの句の百両は一番富である。

七くさに遣り手も長い爪をとり

七種爪と言って、正月七日に、邪気を払うとして七種粥の汁や薺を浸した水をつけて爪を切る風習（広辞苑）がある。ケチのたとえに爪が長いという。遣り手はケチで知られている。名誉挽回のために風習に従ったか、本当に爪が伸びていたのかも。

わっわっと泣てかたみを持て行き

形見分けの句は類想が多い。よく知られるのに「なきなきもよい方をとるかたみわけ　柳多留十七篇」がある。

なんにしろつきやが喰ツた跡の事

搗き屋は臼を転がし杵を担いで、お得意をまわる。そこでお昼をご馳走になるのだが、仕事が重労働のためお腹が人一倍すく。出されたものはきれいに平らげてしまう。提供したほうはうれしいことだが、それにしてもと思うほど、何も残さない。

とむらいにむす子おこわにかけられる

葬式の帰りに一座を組んで吉原へまわるのは、川柳お定まりのコースである。その中には初心な若旦那もいる。それをうまく騙して吉原へ連れ込んだ、上首尾を詠んだものである。お恐に掛けるとは、「一杯くわす（広辞苑）」というほどの意味である。

月夜からとうとうやみへいゝのばし

掛け取り金の清算はお盆の十五日と大晦日である。十五日は十五夜で月をめでる。大晦日はその逆になる。だから闇夜ということである。それにしても五ヶ月も先へ延ばせたのだから、大らかな時代であったと思う。信頼できるシステムというより、お互いに助け合って生きていた時代だったのである。

帰朝して一のはなしハ蜘の事

吉備真備の話は七頁に出ている。同想の句である。日本に帰ってきたら、まずその話から始まるだろうということである。吉備真備について広辞苑を引いてみる。「奈良時代の官人・文人。本姓は下道真備。七一七年（養老二）遣唐留学生として入唐、七三五年（天平七）帰国。橘諸兄に重用されたが、のち九州に左遷。その間、遣唐副使として再び渡唐。恵美押勝の乱平定に貢献。従二位右大臣に累進。世に吉備大臣という（６９５?～７７５）」。

御めかけのおのれをみるハ作るうち

おめかけさんは自分のことは、鏡に向かってお化粧しているときだけ。あとはひまだからあれこれと他人の噂である。誉めることより、あら捜しのほうがたのしいのは、うわさ話の定番。相手もきっと、ひまを持て余しているやからであろう。

柳ばし出て十分にろをつかい

柳橋は神田川と隅田川に架かる橋だが、その周辺の地名でもある。柳橋の船宿から吉原へ向かう猪牙である。狭い神田川を出ると隅田川である。櫓を漕ぐ腕も余裕が出る。これから吉原へ繰り込まんとするはずんだ気持ちも何とはなしに感じられる。

文覚があるきをすると伊藤いひ

遠藤盛遠は北面の武士であったが、誤って袈裟御前を殺害したことから、出家して文覚を名乗る。のちに高雄山神護寺を再興。東大寺大修理を主導したほか、源頼朝の挙兵に助勢した。この句はその折のことを詠んだものである。伊藤は伊東祐親である。文覚は後白河院をそそのかし、院宣を持って頼朝に平家追討を計ったことを察知した祐親が、文覚が後白河の使い走りをしたというのである。走りとは江戸時代、村役人に属し、走り使いの小使。「ぱしり」の語源だろうか。伊東祐親は曽我兄弟の祖父でもある。

女房ハ上るり本をほんにする

浄瑠璃は室町末期にその起源があるが、三味線の伴奏で語られる物語り演劇の一種である。江戸時代に盛んになり、人形芝居や歌舞伎と結合して、庶民娯楽として大いに流行する。竹本義太夫や近松門左衛門などが、物語り作者として知られている。ほとんどフィクションであるが、中には心中ものなどのニュースも扱い、女性に人気があった。虚構の世界をいかに真実らしく見せるかが、演者や作者の腕の見せどころである。

こうしたものに夢中になるのは今も昔も変わらない。イケメン演ずるドラマに、夢中になる図式と変わるところはない。

雪隠の道で吉原めしをたき

雪隠はトイレのことだが、吉原では客用のものは二階にあるが、ここは小専用である。大のほうは階下の台所や湯殿の近くにあったという。その不衛生ぶりを言っているのではなく、不便さの愚痴であろうか。いまでもそうだが、水周りの施設はどうしてもまとまっていたほうが、いろいろな面で便利であったからである。ところがこの句の前句は「心よひ事心よひ事」である。句意が掴みにくいところがある。

深川ハ蚊やをまくるとすぐに舩

深川は江戸の東南部にあった遊所の総称で、辰巳とも言われている。水路が多く、地名も向土橋、土橋、入船、六間堀、横堀など、川や水路に因んだ地名が多い。だから深川には舟で行くのが粋とされていた。水路が多かったから、さぞかし蚊もたくさんいたことであろう。

ねいねいと四五人帰る正洞寺

正洞寺は下谷にあって紅葉で知られている。それをだしにして、吉原へ廻る手合が多かったようである。「ねい」は武家の使用人などが主人に対して使う言葉で「ハイ」という返事である。ここではだから「ハイ、ハイ」と重ね返事のことである。主人は遊んで帰るので、ついてきた中間は帰されたのだ。中間も四五人だから、遊んで帰るほうもそのくらいいたことになる。前句は「命なりけり」。命令だから仕方がないのである。

堺町ずかずか通る角力好き

江戸名所図会に「堺町葺屋町戯場」があり、「戯場」には「しばい」と訓じている。絵の中に堺町に中村座、葺屋町には市村座が見える。これに木挽町の森田座を加えて、江戸三座として明治初年まで残った。芝居小屋にはそれぞれ賑やかな看板があり、多くの人が胸躍らせてみていただろう。しかし、相撲ファンはそんな看板には目もくれず、ずかずかと通り過ぎていたというのである。

年明が壱人あははが五六人

「あはは」は現代仮名遣いでは「あわわ」である。あわわの三太郎の略である。川上三太郎の雅号もそんな意味合いがあるのだろう。賢くない者を嘲り笑うときに用いる。吉原では「苦節十年二七年明け」が普通である。年が明けたら結婚しましょうと、契約を交わした男が五六人いたということである。

吉原の遊女たちが客に通ってもらうための手管に、起請文を書く。これは本来神仏との約束であるが、相愛の男女の夫婦約束などにも使われるようになった。ここでのものは、女郎が客に年が明けたら一緒になりましょうという、契約書である。結婚できる相手は一人である。それ以外の男性はすべてあわわということになる。もしかしたら、本当の結婚相手は起請文を渡していない人ということもある。

下戸の礼炭けしつぼをぶちまける

正月の年始礼の客である。酒飲みなら酒を出してご苦労をねぎらうことが出来るが、下戸には火鉢の炭を足して暖でもてなすしかないというのである。すみけしつぼとは炭消し壺のことである。囲炉裏で燃やした薪の燠（おき）を消し壺に取り、炭状にして保存しておくものである。その消し壺の炭をぶちまけて振る舞ったのである。

おそれ入りましたとてい主ひょぐらかし

朝帰りの亭主が女房のもっともな小言を、ここは大人しく女房の言い分に素直に引き下がる図である。いたずらに言い訳するよりも、そのほうが賢い手段である。ひょぐるは、はぐらかすくらいに理解していいのではなかろうか。

うかゞいに下女めしびつをひっかゝへ

下女が女あるじに、夕飯の用意にどのくらいご飯を炊けばいいのか、お伺いを立てているのだろうと思うのだが、それがどうして面白いのかよくわからない。想像するに、そのややオーバーな仕種が、可笑しみを誘っているのだろう。古川柳の場合、身分が低かったり、田舎者だったりすると、必要以上にからかうところがある。

入聟の無念せい人〻よばりされ

分かり易く表記すれば「入り婿の無念聖人呼ばりされ」となる。古川柳に出てくる婿どのは、たいがい真面目で臆病者に設定されている。それがまわりにも本人にも、残念に思われることである。花見に行っても、紅葉狩りでも、あるいは葬式でも、二次会という飲み会や遊所へのお誘いがないのである。

今のかゝさまハにくいと禿いひ

ドラマでは、しばしば継母は先妻の子には意地が悪いと設定されている。事実そうした例もあるだろうし、そう見られがちである。だからドラマになり、句になるのである。まま母でなくても、現実に吉原へ売られてくる例は、古川柳の時代には多くあったはずである。そう思わなければならない禿もまた哀れである。

ろうがいの娘行年十九なり

労咳は今でいう結核であるが、当時は年頃の娘たちのうつ病や恋煩いなどもひっくるめて労咳と称したが、この娘の場合は本当の結核であったのだろう。十九歳は女の厄年である。亡くなった娘も哀れであるが、親としてもそう思って自らを慰めるしかない。

暑気見廻背中をつまみあふがれる

暑い最中に出かけて行った先で、暑中見舞い代わりに着物の背中を摘まんで、団扇で風を入れてくれたのだ。それが何よりのご馳走には違いないが、暑気見舞いと大げさに言ってみたものである。

万ざいハ刀を二本さして来る

万歳は正月の道化であるが、初期のころは刀を二本差していた。その後、道中差し一本だけになったという。当時は二本差しは武士にだけ許されていた。それをたかが万歳師が、といって笑おうとしているのである。

足音にてうしをかくすけちな酒

盗み酒の図ではなかろうか。妻に隠れてちびちびとやっていたのだが、足音がしたので、慌てて銚子を隠したのである。この場合のけちはけちん坊ということではなく、些細なこと、みすぼらしいという程度のものである。

舌戦ンがこうじ三くだり書て居る

三くだりは三くだり半、つまり離縁状である。口喧嘩の果てがこういう結果になってしまった。どちらも引くに引けなくなってしまったのだ。だからお互い我慢する時は我慢しなければいけない。ところでこの時代に舌戦などという言葉があったことが意外である。もしかしたら、作者は珍しい言葉だから使ってみたくなり、採るほうもそんなところに惹かれたのではなかろうか。

あのかゝあこわいやつだハこりたやつ

夫ある女性を口説いたのだが、とんでもないしっぺ返しを食らわせられて、腹いせにあのかかあはなどと負け惜しみを言っているのだ。ここでは懲りた奴といっているけれども、この手の男はそう簡単には懲りることはない。それにしても不倫には大きな代償がついてくる。それがまたと、粋がる男性もいることはいる。

我内へ先こしかける旅かへり

岸本水府の「ぬぎすててうちが一番よいという」を思い出す。長い旅から帰ってきてほっとしている一瞬である。このあと近所へ留守中の詫びや礼を言いに歩くのだが、その前に無事な顔を見せ、家族の無事を確かめているのだろう。昔の旅は出かける前に水盃を交わして、ある程度のことは覚悟して出かけたのだから、無事で帰ってきたことが何にも勝る土産でもあったのだ。

ほめられる所で切れる三の糸

三味線の一番高音部の弦が三の糸である。抱えたときに一番下になる。細くて切れやすい。肝心なところでよく切れたりする。調子に乗ってきて、聴いているほうもつい一言かけたくなったのである。人生にもしばしばこんな場面はある。作者はそんなことも言いたかったに違いない。

諷をばむす子すてゝんげりにする

諷は諳んじるというほどの意味だが、ここでは謡と同義語のようである。読みも同じであるが、謡講という意味も持たせている。謡講とは、謡を習ったり、同好の士の集まる場である。「講」には、習うこと、稽古することの意味もある。当時は無尽講、謡講などいろいろの集まりがあったようである。ところが「すてゝんげり」が分からない。手元のネタ本にも説明がないが、「てんげり」は謡などではよく使われているという。その文句取りである。つまり謡など捨てて吉原辺りへ繰り込んでしまったのである。講と吉原へ流れる図は古川柳の約束ごとでもある。

四ツ手駕淋しくかける定直段

遊所へ向う町駕篭は、決まった料金のほかにチップをはずむ。そうなると担ぐほうにも気合いが入り、掛け声も大きく、足も速くなる。この句の駕篭はそんな浮かれたものではなく、必要に迫られた用向きであるらしい。駕篭賃も決まった額しか払わない。したがって掛け声も淋しくなる。しかし考えてみれば、用向きで出かけた駕篭がやたらに元気がいいと、乗っているほうも落ち着かないし、迎えるほうも怪訝に思うだろう。

べらぼうな夫トを持って御仕合

恋愛時は相手が格好良かったり、粋で遊び好きなところに惹かれがちになるが、結婚相手としては、不器用で野暮で遊びなど知らないほうが、妻にとっては幸せに違いない。そのまま現代に通じるかどうかは別問題である。

いやあお出だとげい子を座にしゃうじ

酒を飲みながら芸子の来るのを首を長くして待っているところへ、指名した芸子が部屋へ入ってきたのだ。首を長くしていただけに、それが声になってしまった。浅黄裏か、地方大名のお留守居役あたりだろう。

うめられぬかわり油の中で死に

大盗賊で知られる石川五右衛門は釜ゆでの刑で死んだとされる。刑罰、特に死刑にはいろいろあったようで、中には地中に埋められ、のこぎりで首を斬られるものもあった。どちらがいいかは簡単には決めかねるだろうが、のこぎりはいかにも痛そうである。「うめられぬ」には、普通のお風呂なら熱ければ埋められるのに、という意味合いもあるかも知れない。

おまへもかわたしも九さと松が岡

松が岡は鎌倉の東慶寺。駆け込み寺で知られる。駆け込んだのは十九の厄年女性である。お互いに厄年である不運を慰めあっているのだ。当時の女性は十代後半には結婚している人が多い。それにしても新婚気分の抜けないころであろうに、それだけに哀れである。

くどきやうこそあろうのにぬきみせ

表向きの句意は刀で心中を迫っているようだが、これはバレ句である。

古いやつうしろから来て目をふさぎ

好きな女性を後ろから目隠しして、誰かを当てさせる。よくやることだが、恋の駆け引きとしてはちょっと古いのではないかというのである。確かに今どきそんなことは照れくさくて出来ない。しかしそうした手続きを経て、恋は成就するものである。時代を経ても、恋の駆け引きに進歩などないのかもしれない。

どじやうのざいにと下女ハひつぱたき

「ざい」は際である。つまり泥鰌の分際でというほどの意味であろう。あるいは下女の側からすれば、在という解釈もある。都会から離れたところ。在所とか在郷などともいう。この句の場合、前者のほうが説得力がある。生きた泥鰌など捌いたことはない女性には、やはり恐かったりする。田舎出の下女だから、俎にひっぱたくようにして捌いたのである。これも古川柳の定番で、田舎出の下女をからかっているだけである。

あいちつとおか場所とハとはりこまれ

「あいちっと」は廓言葉で軽い拒絶を意味するものである。客が無粋なことを要求してきたので、ここはそこいらの岡場所とは違います、と張り込まれたのである。つまりやり込められたのである。岡場所とは官許の吉原以外の遊所、すなわち深川、築地、品川、新宿などの私娼窟である。吉原の遊女はプライドが高く、客にもそれを求めた。そうすることが客を引き繋ぐ手管にもなっていたのである。

花なら花さあそびならあそびとさ

出掛ける亭主が「花見に行く」と言っているのに対して、女房の嫌味である。花見なら花見、遊びなら遊びと、ちゃんと言ったらどうなんですと、いささか不満である。亭主のほうも出鼻を挫かれた感はあるが、だからといって出かけるのをやめようとはしない。外に同行の仲間が待っているのかもしれない。

にくい事娵声あってかたちなし

若い嫁さんと言っても、新所帯のそれではない。大きな商家の若奥さんというところだろうか。店には出ないのが嗜みであり、習慣である。美人という評判なので顔を見たいと思って出かけて来たのだけれど、声だけしか聞くことが出来なかったのだ。その残念ぶりはわかるが、想像の範囲にとどめておくほうが無難かもしれない。

女房の先キへばかあな男行ク

夫婦が並んで歩く時代ではない。夫が二、三歩先を行くのが普通である。この夫婦の場合もそうなのだが、妻が美人なので気になって仕方がないのだ。振り返り、振り返り歩いているのだろう。あるいは新婚だからだろうか。それにしても賢い男のやることではないと、ひやかし気分である。しかしこの夫婦も間もなく他の夫婦と同じ間隔を保って歩くようになるのだろうが、他人に「ばかあな男」といわれても、妻を美人と思う稀有な男でいてほしいとも思う。

御子そんもはんじゃうあれ切りの諷

「諷」は前にも出てきたが、ここでも「うたい」で、謡である。これは門付けの謡で、尾羽打ち枯らした浪人が世過ぎにやっていたものである。この句は下手な謡どころか、ただひたすら決まり文句の「ご子孫も繁盛あれ」だけしかいえないのもあったのだ。これもからかいだが、哀れさが先に立って笑えない状況である。

花のくれ身について皆こうまいれ

上野あたりの花見である。このあと、吉原へ繰り込もうとしているグループである。あたりも暮れかけて、花より団子で酒の酔いもちょうどいい。町内の若い連中が、武家言葉で、芝居がかりの台詞でおどけて、勢いをつけているのが可笑しい。

御内儀と後家ときかれた事でなし

亭主が近所の後家さんと通じて、それが妻に露見したのである。その妻が後家さんをなじれば、こちらも負けていず、自分がちゃんとしていないからだと、理屈に合わない反論をする。普段はどちらもお淑やかなのだが、お互いに激しい言葉の応酬となる。こうなると、聞いているほうまで恥ずかしくなる。

まっ黒なやうじを捨ててたゝきつけ

鉄漿付けをしていると、寝ているとばかり思っていた赤ん坊が急に泣き出した。そこで母親は鉄漿付けを中断して、泣いている子どもの背中を軽く叩きながらおとなしくさせようとしているところであろう。若い嫁さんの母親らしい仕種を観察している。

うなぎやに囲ㇾの下女けふも居る

囲われは僧侶の愛人というのが川柳の約束ごとである。そして鰻は精のつくものの代表的な食べ物である。ということで、それ以上の説明は要らない。今日もというところに技ありの句である。

二ヶ村をぬけがらにして公事をする

公事は今でいう裁判沙汰である。村には利害が共通することが結構ある。地境や水利に関しては、揉め事になりやすい。簡単には譲れないことである。一軒だけでなく、集落全体に影響を及ぼすことも少なくないはずである。村を空けて訴訟のために江戸へ出てきたのかもしれない。そうした人たちを泊める公事宿というのが馬喰町に多くあったという。佐倉惣五郎に代表される義民が、全国各地の何処にもいる。訴訟はどういう結果が出ても、騒ぎを起こしたことの責任者を出さなければならなかった。訴訟はだから村中になり、ときには命がけにもなるのである。

うれしさハうれしいが下女よめぬ也

下女が付け文をされたのだ。悲しいかな、彼女はそれが読めないのだ。これも川柳の約束ごとで、下女は字が読めないものと設定されている。しかし、この十一篇が出た安永五年（一七七六）と言えば、江戸の爛熟期で識字率も高かったはずである。江戸っ子の上から目線が気に入らない。

菓子持ッて禿たいこにあかんべい

禿はかぶろ、またはかむろと読む。本来幼い子どもなどの髪を短く切り揃えて垂れたもの。またその幼い子どもの意味であるが、川柳に出てくる禿は上級の遊女に使われている、十歳前後の見習い少女のことである。たいこは太鼓持という男芸者である。ひょうきんで座持ちがうまいのが身上であるが、そのせいか軽く見られている。お菓子を花魁から貰ったのだろう。それを太鼓持が一つ頂戴とからかったのだ。それに対してあかんべいをしたという、微笑ましい風景である。

たけのこをぽんとぬすむハつみがなし

筍と言えば孟宗竹のそれをイメージするが、そうではない。淡竹（はちく）は細い竹で、竿竹などに使われるものだが、その筍であろう。「ぽん」は音ではなく、手軽に折ったということであろう。うまい表現だとおもう。野生のものか人家の裏の竹林であろう、つい折りたくなってしまったのである。

五六ふくくらった上でのみなんし

吉原での初会の客へ遊女の態度であろう。そっけなくしながらも、それなりのサービスを怠らないような気遣いでもある。お互いに初対面だから、多少のためらいはあるけれども、片方は商売である。手管というよりも、遊女にしてみれば日常である。そのちぐはぐさである。

花娵の人目にかゝる暑イ事

前出の「にくい事―」の嫁さんと逆である。本来奥にいて、人に見られることはないのだが、あまり暑いので襖や障子を開け放ったままである。見ようとおもわなくても見えてしまう。女性が奥向きの用を足すのが、当時の風習である。そして、江戸の商家の夏の佇まいである。

鼻うたで土蔵へものを出シに行く

何を出しに行くかは定かではないが、鼻歌だからご機嫌である。ここではものといっているだけである。だから「もの」はただの出しではないだろうか。物を取りに行った振りが出ていればいいのである。土蔵が密会の舞台になるのは三文小説ばかりではない。鼻歌もご機嫌であるばかりではなく、浮き立つ気持ちを気取られないためのものである。

かんのふ寺といへばおらが近所にの

感応寺は谷中にあった天台宗のお寺である。湯島天神、目黒不動とともに富くじで知られている。今でも宝くじが盛んであるが、そこには毎週必ず億万長者が出ているはずである。この句はそのことを具体的に述べている。近所の人が当てたのか、単に買っただけなのか含みを持たせている。「の」で止めているところが技ありで、笑わせどころである。素朴な感じがするから地方の人かもしれない。

入むこをあわれと思へ山さくら

定番の入り婿譚である。花見のあとは一座を組んで、遊所へまわる。これも定番である。この句のねらいは百人一首の文句取りを効かせようとしているところにある。前大僧正行尊の「もろともにあはれと思へ山桜花よりほかに知る人もなし」である。

東北を一ト声うなってはよろけ

「東北」はとうぼくと読み、能の一種である。軒端の梅をめでた和泉式部の物語である。古くは軒端梅とも言い、正月三日に江戸城恒例の謡初式に必ず演じられたものだという。正月にふさわしいものである。年始まわりの人がほろ酔い機嫌で、口ずさみながら帰ったのである。

三味せん八外事ころりころり也

芸者は三味線や踊りを売り物にするものだが、その三味線をほかごとにしている。つまり踊りや三味線はあまり得意ではないのである。客と寝ることで人気のある芸者なのだ。そのほうが重宝と思う客も多かったのではなかろうか。需要があれば供給があるのは、経済原則ばかりではない。

雨でも雪でも居つゝけさ居つゝけさ

どんな道楽息子でも、吉原で居続けをするには理由が必要らしい。酒飲みが酒を飲む理由と同じである。贔屓チームが勝っては飲み、負けても飲むことになる。何でも居続けの理由にしてしまう。今日は親父の一周忌だからとか、母親と喧嘩した日であるとかだ。後半の繰り返しは、おどけだろうが、それで気持ちのバランスを取ろうとしているのだろう。やはり照れ臭いのだ。

判取りを小刀たづねたづね呼び

判取りとは、承認などのしるしに印をもらうこと。また、その印をもらうために、関係者を訪ねること（広辞苑）。もう少し詳しく説明すると、大きな呉服店などでは、店で売れた品物の代金とそれを記した帳面を帳場へ持って行き、判こを貰わなければならない。そのために手代が小刀を探しながら丁稚を読んでいるのである。小刀は伝票である半切紙を切るためのものである。客に反物を買ってもらうために、夢中で仕事をしているうちに側にあるはずの小刀が見当たらない。眼鏡がどこか分からなくなって、妻を呼んでいる図を想像してもらえば、状況がわかるだろうか。

あれ斗女かと母ちゃくを付

「ちゃちゃを入れる」とはからかうとか、冷やかすというほどの意味であるが「ちゃちゃを付ける」はもっと強調されて、文句を付けるというほどの意味になる。吉原あたりの女郎に夢中になっている息子へ、母親のくどきである。あるいは、母親から見れば、はすっぱな地女かもしれない。いずれにしても母親の心配は絶えることはない。

衣さへ行くに入むこむごいこと

入り婿哀歌は古川柳の定番で面白くもないが、これも時代であり、実例もあったのだろう。お坊さんさえ遊所に通うのに、婿さんは辛いことであるというのだが、遊所へ通う坊さんはいわば破戒僧である。そんな和尚の真似をすることはない。悪友にそそのかされないでいるほうが、賢い婿さんの賢い選択である。

代みやくが来たでいまさか引こませ

「いまさか」は今坂餅のこと。餡を包んだ小判型腰高型の餅。多く紅・白に分け、白餅には赤小豆漉し餡、紅餅には白練り餡を包む。江戸時代、七五三の祝いの贈答にした（広辞苑）。ここでは医者の往診をねぎらおうとしたのだが、代脈、つまり若い代診だから、お茶菓子を引っ込めようとしたのである。病人もたいした病気ではなさそうである。

大雛のおもてゞ小雛しゃこをうり

「しゃこ」は蝦蛄海老である。十五センチほどの大きさで美味であるという。よく意味は分からないが、大きなお雛様の店の前で、漁村の小娘がしゃこを売っている光景と見立てたのだが、大胆すぎるだろうか。大雛と小雛という洒落で遊んでいる句ではないだろうか。

ぬしづかっしゃいとかけがね湯番懸

「主づく」とは、定まった持ち主が附くこと(川柳大辞典)。みんな自分の着物を身に着けてください と、湯番が言いながら出口の鍵をかけて、誰も逃げられなくしたのである。板の間稼ぎでも出たようである。あるいは誰かが他人の着物で帰ろうとしたのだろう。みんなが自分の持ち物を持てば、一枚着物が残るはずである。それが犯人のものである。湯番は湯屋番で、お湯の加減をみたり、浴客の背中を流したりする人の総称である。

一トわらい笑ツてめしをかりて行

突然の客でご飯が足りなくなった。亭主が悪友でも連れてきたのだろう。そこで隣へ借りに行ったのだが、亭主の気まぐれを一くさり口説いて、飯を借りて帰ったのである。

一昔前まで、味噌や醬油を近所へ借りにいったりすることは、日常茶飯としてあった。長屋暮らしの相身互いである。お互いに貧しかったし、だから人情も濃やかな時代であったのだ。今どきの…、などと言ったら笑われるかもしれないが、そんな時代が懐かしい。

三ッふとん親父ハかわぬ様子なり

「三蒲団」は妓楼に於ける三枚重ねの蒲団の事。花魁が、馴染みの大尽から贈られた（実は無心した）ものであった（川柳大辞典）。馴染みの花魁へのサービスであるが、けちな親父はそんな豪華な遊びはしない。いつも一分女郎あたりが相手である。一分と言っても四分の一両である。最下級ということではない。そこそこの散財である。しかし息子の目からはそう見えたとしても不思議ではない。気楽な独身貴族であるから。

はらさんざぶらくされるけちなばん

これも吉原の句である。「はらさんざ」は漢字で書くと腹散散で、思う存分というほどの意味になる。相手の花魁があちこちの客にお呼びがかかり、一人の客に落ち着いて相手をしていられない状態である。これを廻しといい、人気の花魁にはよくあることである。客のほうは「腹散々ぶらぶらされるけちな晩」となる所以である。一晩中ぶらぶらと落ち着かない一夜になってしまったのだ。

江戸へあいばんかとつばなうりにいひ

つばな売りを野駆けの男が、江戸へ一緒に行かないとからかっている様子である。「あいばん命令形の言葉も残っている。田舎言葉でつばな売りに同調してみたのだろう。か」は「歩まぬか」で、誘い文句である。私の郷里（新潟県の山の中）でも「あえべ」（歩け）などの

袖の梅おもき枕をあげてのみ

「袖の梅」は二日酔いの丸薬であるが、これは吉原あたりの地域限定薬であったようである。何となく効き目も怪しいような感じがする。また「重き枕」などと大病人扱いも吉原らしい。昨夜飲みすぎた客へのサービスである。

花娵のついへをいとふにくらしさ

花嫁と奉っているからまだ新婚であろう。「ついへ」は無駄遣いである。新婚と言えど姑の目は厳しい。「いとふ」は厭うで、姑の経済観念というよりも、あら捜しから出たことばである。嫁と姑の定番ではあるが、作者の側に立っても曲のない句ではある。

はちつけの板はりちぎる御いたづら

「鉢附けの板」とは、兜の鉢に取り付ける錣（しころ）の第一枚目の板のことである。錣は兜の鉢の左右から後方に垂れて頸を覆うもので、皮または鉄札で綴るものを常とする。その鉢についた第一の板すなわち鉢付けの板から菱縫いの板までの枚数により、三枚兜・五枚兜などといい、その形状によって割錣・饅頭錣・笠錣などがある（広辞苑）。

どこかの若様が、武者人形の装束にいたずらをしているのだが、謡曲『屋島』の「互いにえいやと引力に、鉢附けの板より引きちぎって、左右へくわっとぞ退きにけり」の文句取りの面白さである。

ひなをつかませぬで今朝ッからのたゝ

こちらは三月のお雛様飾りである。きれいに飾られてはいるが、それに触らせてもらえないので、朝からご機嫌斜めのお姫様である。「たゝ」はたたらを踏むで、駄々をこねている様子である。

おどり子がこしをかけると牛をぶち

踊り子は芸子の別名でもあるが、ここでは江戸の二大祭りの附祭りの舞台の踊り子である。付祭りとは江戸時代、山王社、神田明神などの祭礼に、町々の山車のほかに、踊り屋台で娘・子供に手踊りなどをさせて余興としたもの(広辞苑)。この屋台を牛に引かせたものである。

はいつくと四五寸のけるまくわ瓜

生まれて半年もすると赤ん坊は這い這いを始める。その這うのに目標として真桑瓜を置いて、ここまでおいでと囃したてる。大人は面白がって、あるいは早く歩けるようにと競うようにして、その赤ん坊に這い這いをさせる。そしてその真桑瓜へ赤ん坊の手が届きそうになると、もう少し離して次の目標を設定する。賑やかで楽しい光景が目に浮かぶ。

けっしてよく〳〵とて医者かへり

往診に来た医者が帰る折に、家族に禁止事項を並べた上、決してやらないようにと念押ししているのである。酒がいけないとか、たばこもなどとくどいほどである。念を押すということはそれだけではなさそうだ。そうでないと川柳として面白くない。房事のことであろう。医者が念を押したのは、奥方が美形であったからではなかろうか。

始皇帝鴈をとらまへそうにする

鴈は雁。雁門は中国山西省代県の北西、句注山のこと。高山なので、北に帰る雁が飛び越えられないことがあるから、中途に穴をうがってその通路としたという俗説がある（広辞苑）。この穴を設けたのが始皇帝であるというが、日本で作られた説話らしい。秦の第一世皇帝で、自ら始皇帝と称したくらいだから、このくらいで驚くことはない。

いゝ年でわるちゑをかう源三位

源三位は、平安末期の武将。摂津源氏源仲政の長男。白河法皇に抜擢され兵庫頭。保元・平治の乱に功をたてた。剃髪して世に源三位入道と称す。後に以仁王（もちひとおう）を奉じて平氏追討を図り、事破れて宇治平等院で自殺。歌に秀で、家集『源三位頼政集』がある。宮中で鵺（ぬえ）を退治した話は有名（広辞苑）。この句は以仁王を立てて、平家追討を図った折のことを詠んでいる。頼政七六歳の最晩年の、文字どおりいい年である。「かう」は「飼う」で、悪知恵をつけたというほどの意味である。

ゑぼしでハ手がらにならぬ向ふ疵

むかし、佐々木味津三の『旗本退屈男』という小説があった。市川歌右衛門主演で映画化もされた。この主人公には額に半月形の向こう傷があって、ことあるごとに自慢していた。立派な手柄を立てた折の傷だからである。この句の主人公は吉良上野介。だから決して名誉の傷ではない。しかも烏帽子で隠すから余計である。

公家にしちゃ大きな声と鳥羽でいひ

この句は先に出た「文覚があるきをすると伊藤いひ」（六八頁）の文覚が主人公であるらしい。文覚が後白河法皇の御所に行った折に、公家たちは管弦の楽にふけっていた。そこで大声で勧進帳を読み上げた。そのため捕えられ、伊豆へ流された。明くる年、後白河法皇は清盛によって鳥羽殿に幽閉される。文覚は公家ではないが、後白河法皇の述懐であろうか。

銀ぎせる中ウだめにしてはなしかけ

銀ぎせるは道楽息子の象徴である。「宙溜め」とは、宙にささえとどめること（大辞林）とある。女性でも口説こうとして、銀ぎせるをこれ見よがしに振り回しながら、話しかけているのである。

せんひやうハうすきちぎりにぶら下カり

吉原の三浦屋の高尾太夫は、仙台の伊達綱宗に身請けされたが、恋人である島田重三郎が忘れられず、綱宗に隅田川の三股辺りで吊るし切りになる。その前兆は重三郎との薄い縁であるというのである。綱宗は高尾を身請けするときに高尾の目方と同じ重さの黄金を用意したという。大きな棹秤で計ったのだろうか。「せんひやう」は「先表」で、前兆、前触れである。

度々ちょくしよの義にあらず雷の事

「雷」とくれば菅原道真を思い浮かべるであろう。つまり、雷に悩まされている御所から、比叡山の法性坊への勅使である。「ちょくし」は勅使である。また「余の儀にあらず」は言い訳の際の決まり文句である。

駿河から遠江までかたぐるま

駿河は現在の静岡県の中央部、遠江は静岡県の西部である。その間を流れるのが大井川である。東海道のここには橋がない。箱根八里は馬でも越すが、越すに越されぬ大井川、と言われる難所である。箱根なら馬や駕篭があるが、大井川は肩車という車しかないというのである。陸は駕篭で、海という水上を車とちょっとしゃれてみたかったのだろう。これもおかしみである。

御てんもの来てくだんせをわすれかね

御殿者とは御殿の奥女中である。たまさかの外出で陰間でも買ったのだろう。その別れ際に、またお会いしたいですねと耳元で囁かれれば、嬉しくなるのは当然。上方訛りから芳町あたりの遊びと想像される。芳町の陰間には、上方出身者が多いと言われている。それを言外に置いているが、むしろそれがこの句の技ではなかろうか。

めしびつへ顔を突っ込ムつよい暑気

ジャーや冷蔵庫のない時代の飯びつ。しかも暑い盛りである。むっとするような匂いがたったのだろう。あるいは噎えた匂いだったかもしれない。この句も夏のしかも梅雨どきかもしれない。それをうまく表現している。おそらく食欲も湧いてこなかったことだろう。

四ッ手駕月のみやこをさしてかけ

吉原には月に関しての紋日がいくつかある。八月十五日の十五夜とか、九月の十三夜などである。贔屓の花魁からぜひにとラブレターが来れば、何をさしおいても駆けつけなければならない。当時の月には砂漠はなかったから、大歓迎を受けただろうことは想像に難くない。それを期待して乗り込むのだが、手管とはわかっていても男とは、としみじみと思う。

祇王祇女田舎娘におつへされ

祇王は平家物語の中の女性。京の白拍子。近江国祇王村の人という。平清盛の寵を受けたが、推参した白拍子の仏の見参を取りなし、それに寵が移って出された後、尼となり、嵯峨の往生院に隠れた。時に年二一。祇女は祇王の妹で姉とともに嵯峨に赴き尼となる（広辞苑）。仏御前は清盛に寵愛された白拍子であるが、彼女も祇王・祇女を追って嵯峨を訪ね、その後は三人で念仏三昧の日々を送ったという。川柳子は祇女を田舎娘と言ってのけた。

十四日きのふハどうでけふハ首

十四日とくれば赤穂浪士の討ち入りである。そしてその前日は煤掃きである。煤掃きが無事に終われば、その家の主人を胴上げする習慣がある。あくる日の十四日は吉良上野介の首を討ち取った。首と胴で遊んでいるだけの句であるが、すでに言葉遊びの面白さに傾きかけている。

寐たがつて懸取を待ッ能イ工面

大晦日の掛取りの句であるが、大概の句は掛け取りの撃退法や逃げる算段である。この句は少し様子が違う。余裕をもって掛取りの来るのを待っている。さっさと借金を払ってぐっすりと寝たいものであると思っている。きっといい身分の人か、商売が順調なのだろう。あるいは詠み手の願望であろうか。

にわか雨かけられるだけかけるなり

予想していなかった俄か雨である。当然傘など持っていないし、雨宿りする軒先もない。ここは駆けるしかない。駆けても、歩いても濡れることには変わりはないのだが、どうしても走ってしまう。人間の心理とは不可思議なものである。

しばられて居るがけんくわに勝たやつ

殴り合いの喧嘩で、相手に怪我をさせてしまって縛られているのだと思ったのだが、そうではなさそうだ。仲裁の人にこれ以上暴力を振るわせないために縛られたらしい。またガキ大将同士の喧嘩で、大人に縛りあげられている光景かもしれない。この句も勝った者がなぜ縛られているのかという意外性の面白さだろうか。

木のはしで無イのが海のはたを行

『徒然草』第一段の後半にこんな文章がある。「法師ばかり羨ましからぬものはあらじ。『人には木の端のやうに思はるゝよ』と清少納言が書けるも、げにさることぞかし」。現代文にすれば「法師くらい、うらやましくない者はあるまい。彼らについて、『人にまるで木の切れはしのように思われていることよ』と清少納言が書いているのもほんとうにもっともなことだ」（講談社学術文庫『徒然草（一）全訳注』）。

法師とはお坊さんのことであるが、ここでは「木の端で無い」というから、お坊さんらしくないお坊さんとでもいうのだろう。だから品川（海の端）を行くのである。近くには増上寺などの名刹があり、品川遊郭辺りへの散策である。木の端は木石のように人情を解さないということで、僧侶や尼さんをいう。

壱文ハ取リそうもないなりでふき

何を吹いているかと言えば尺八である。それが分かれば虚無僧の門付けだと予想がつく。立派な出で立ちであるから、一文くらいの喜捨など受け取らないのではなかろうかと、穿った見方をしている。あるいは敵討ちが虚無僧に身をやつして、敵を探しているのだからとも取れる。

座敷らう大工を入レて〆てみる

道楽息子を監視するために座敷牢を作ったのだが、ほんとうに逃げ出せないかどうか、作った大工さんを入れて錠をかけて閉めてみたのである。この大工さん、自分の作った座敷牢に入れられてさぞ不安に思ったことだろう。

てい女ぶり今じゃ元ト直にしかねたり

旦那を亡くした後家さんが、最初は貞女ぶって慎ましく見せていたが、いまは貞女ぶりは見る影もないほどである。相変わらず後家さんには、興味本位の視線で面白みがない。読み手の期待に応えようとするサービス精神だけである。

塀ごしに有ルに高なわ越エて行

高なわは高輪である。ここには三田の薩摩屋敷か増上寺の塀を言っているのだろう。薩摩屋敷の浅黄裏や増上寺の僧侶たちが塀越しにある（近くにある）岡場所よりもつい品川のほうまで足をのばしてしまう。サービスがよかったのかどうかわからないが、近くで遊ぶのは気が引けることもあったのだろう。

ちんどくをきらすまいぞと呂后いひ

ちんは鴆で、中国の毒鳥である。その羽根には猛毒があるという。中国前漢の高祖劉邦は農民の出身ながら、秦を倒し、天下を統一する。呂后はその后で二代恵帝の生母である。高祖の死後、実権を掌握して功臣や劉氏一族を毒殺などで迫害した。そのために鴆を手元から手離せないでいただろうというのだが、当時の川柳子は中国の歴史にも長けていたのである。

つげ口をするてふによいな諷の師

分かり易く書くと「つげ口をするで不如意な謡いの師」である。最近息子さんが謡いの稽古に来ないけど、吉原辺りで遊んでいるのではありませんか、などと親に告げ口していたのでは、評判を落とし弟子も集まらなくなる。したがって手元不如意となるのである。

ひるいなきぞう言ンをきく朝かへり

朝帰りの亭主に比類なきぞうごんを浴びせたというのだが、それだけでは曲がない。おそらく「比類なき雑言」の四角張った言い方が面白いか、芝居のせりふの文句取りの面白さをねらったものかもしれない。

わづうかな月も品川数に入

この句は品川の二十六夜待ちの句らしい。二十六夜待ちとは、陰暦の正月と七月との二十六日の夜半に月の出るのを待って拝すること。月光に阿弥陀・観音・勢至の三尊が姿を現すといい伝えられ、特に江戸では七月に高輪・品川などで盛んに行なわれていた（広辞苑）という。当然この日は品川遊郭の物日（紋日）である。吉原には月の紋日はいくつかあるが、品川のそれは珍しいことなのだ。

御妾に出るまへ所々でほしがられ

町内でも評判の美女だったのだろう。年頃になるとあちこちから縁談が降るようにあった。その評判は殿様のお耳にも達し、とうとう妾奉公に上がることになった。この句の背景には、そこへ至るまでのいくつかのドラマが想像される。若くて美人で、その上愛嬌も良かったのではなかろうかと、読み手の想像力も膨らんでくる。

舟宿に左伝四五巻とんだ事

左伝とは、春秋左氏伝のこと。略して左氏伝、または左伝ともいう。『春秋』の手引書で、春秋三伝の一つ。三十巻。左丘明の作と伝えられる。三伝のうち最も文にすぐれ、史実に詳しい（広辞苑）。いまで言えば堅い参考書でもあろうか。それを持って家を出たのだが、それは舟宿に預けたまま吉原で遊んでいるどら息子である。親をごまかす手立ては、昔も今もさして進歩していないということでもある。

あかすりをかせとりきんでみことのり

この句は光明皇后の故事を詠んだものである。『誹風柳多留一一篇輪講』（三樹書房）の山田説を紹介したい。

聖武天皇の光明皇后は、浴室を設けて人々に沐浴させていたが、自ら千人の垢を洗うことを発願された。その千人目となったのがハンセン病患者だった。しかし、皇后は何ら臆することなく、その者の垢をすり、膿まで吸ってやった。すると、その者はたちまち仏の姿となって、光を放って飛び去ったという。主題句は、この故事を踏まえたもので、端女辺りに『その垢すりを貸せ』と大層な意気込みで仰有られたというのだ。

ちへのあるやつ岩たけを取はじめ

岩茸は茸の一種で、深山の岩面などに生える。大変危険なところなので採るのに苦労する。美味かどうかは定かではないが、危険を冒してまで採ろうとするのだから、珍味ではあるかもしれない。これを採るためにはさまざまな智恵を絞って、危険でないようにするのだろう。

手を引イて行はと一ッうけさせる

最近は酒席でも無理強いをする人は少なくなった。とは言え、いることはいる。中には絡んで「俺の酌では飲めないのか」などと凄んだりする。この句の場合もあまり酒の強くない人へ、帰りは手を引いて一緒に帰るから心配要らないよ、などと勧めていながら、当人が先に酔いつぶれたりする。よくある風景である。

碁会所へ灸がすんだと呼に来る

お年寄りの交流風景である。久し振りに碁でも打とうかと親しくしているお年寄り宅を訪ねたのだが、あいにく灸を据えているところである。仕方なく近所の碁会所で時間を潰しているところへ、くだんの老人が灸は済んだからと、碁敵を迎えに来たのである。

初かつほ御用手を出ししかられる

例によって初鰹である。売るほうは真剣だし、買うほうももの珍しく、つい手を出したくなる。商店の勝手口へ鰹売りが来たので、そこの小僧さんが珍しいものを見るように、おっかなびっくり手を出したら、叱られてしまった。

こん礼を女郎賀したりきよくつたり

馴染みの客が結婚をした。それを祝ったり、からかったりしている女郎である。曲るは、ひやかすとか、なぶる、からかうなどである。それにしても新婚の男が、時代とは言え、吉原遊びとは尋常でない。親の勧めた相手であろうか。

ばんにいるあたまだ壹ッやってくれ

古川柳にはよく会話調の秀句があるが、この句もその仲間に入れていいのではないだろうか。江戸っ子の切れ味のいい口調である。今夜吉原へ繰り込もうと思っている、粋に纏めてくれと髪結い床で言っているのだが、それを自慢しているようにも聞こえる。流行りの本多髷でも頼んだのかもしれない。本多髷を辞書で引くと「初め本多忠勝家中から流行した青年男子の髪型。文金風より出て、髷を七分を前、三部を後ろに分け、髻（もとどり）を細く高く巻いたもの。江戸中期、明和、安永頃再び流行。金魚本多・団七本多・疫病本多・大坂本多などの種類を生じて、通をきそった」（広辞苑）というから、この時代の慎太郎刈りではなかっただろうか。

かげ清ハらうざしハせぬおとこなり

かげ清は平景清。平安末期の武将で、身体が大きく強かったので、悪七兵衛などといわれていた。壇ノ浦で平家が滅亡してからも頼朝を付け狙い、やがて捕まり牢に入れられる。「らうざし」は牢差しと書き、牢屋に入ってから、仲間の告げ口をすることである。景清は清水の観音様を信仰していたので、けっして仲間を売ることはしなかったという。そんな彼だから、後に芝居になったり、能になったりして語り継がれたのである。

乗りそうなやつへハ四ツ手小声なり

四つ手駕籠は、今で言う流しのタクシーを想像していただきたい。現在なら誰でもタクシーを利用しているけれど、当時はよほどでなければ使わなかったと思う。旦那衆か吉原通いの粋人くらいであろう。しかも吉原行きは言わばお忍びである。家の近所では人目を気にする。その辺のことは駕篭屋は先刻ご承知である。小声で誘えば、条件反射のように駕篭に乗ってくれるはずである。

尻目など遣ひ神楽をそうすなり

「尻目」を辞書で引くと「①顔は動かさず眼だけを動かして後方を見ること。またその目つき。流し目。横目。②…を無視して、構わず事を行なうさま。目のすみに置いただけで、全く無視すること」（広辞苑）とあり、現代ではもっぱら②の用法が普通である。この句は①である。神子は若い女性である。中には彼女たちのファンもいるかもしれない。神楽踊りの笛や鼓を奏するのだが、自然と流し目になるのは、おひねりを期待しているからである。

あれねぎをたべなんすよと大そうさ

言葉からも簡単に場所は吉原であることがわかる。ありんす言葉である。言っているのも、禿か新造あたりの花魁付きの少女であろう。小鍋立てでも突きながらの会話である。葱は何にでも合って美味であるが、独特の匂いがあって、好き嫌いがある。とくに子ども達には歓迎されないことが多い。その匂いが口に残るので、その後のラブシーンにも差し障りがあることを慮ってのことかもしれない。

三十と八めかりのきかぬ神事也

「めかり」とは、見はからって機転を利かしたり、臨機応変に振舞うことであるが、前にも出てきためかり神事と噛み合わせての言葉遊びも楽しんでいる。和布刈の神事は前にも出てきたが、九州下関の一の宮の住吉神社の神事である。この神事は大晦日の夜半に干潮になるのを待って、神職がたいまつをともして和布を刈って、翌日の元日に神前に供え、それを参拝者に与える神事である。それにしても大晦日にやるとは、目端の利くことではない、からかい口調で揶揄しているのである。

ぐつ〳〵をしてくれおれと留守居いひ

留守居もよく出てくる。単なる留守番ではない。歴とした江戸時代の職名である。諸藩の江戸屋敷に置かれ、幕府や他藩との連絡にあたった。言わば江戸駐在の外交担当重役である。情報収集に市中へ出てどこかの料理屋へでも寄ったりする。「ぐつぐつ」は、鍋料理でも所望しているのであろう。別の参考書は「ぐつぐつ」をキスと説明している。それも面白い。「くれおれ」などと武家言葉が厳めしいが、笑いどころでもある。

何事かおやぶんかしこまって居る

親分は人形佐七でもなければ、銭形平次でもない。当時の侠客であろうか。親分だから、普段は子分を前にして胡座をかいて相手をするのが普通である。その親分が正座で畏まっている。よほどのことに相違ないが、それ以上のことは不明である。が、相手は武家であることは簡単に想像される。まさか用心棒でも依頼しているのではあるまい。

ぶっかけがよいと花娵いひかねる

ぶっかけとは、ぶっかけ蕎麦、つまり現代のかけ蕎麦のことだろう。辞書を引くと、手のこんだ調理をせず、汁などをかけただけの手軽な食べ物と説明している。汁かけご飯や玉子かけご飯のようなものも含むだろう。新婚のお嫁さんには、たとえ好きであっても、あるいは遠慮しながらであっても、とても口に出来ない品のない言葉でもある。

雨戸くるたびに甘干じやまに成

甘干しは干し柿である。大概軒下に吊るしておく。朝晩の雨戸を繰るたびに邪魔だなあと思うけれども、毎日、少しずつ、干し柿の体を増してくるのを見るのは楽しいものである。農家のそれではなく、町家の軒下を想像すると楽しくなる。

すり子木でこづくハやすい法事也

法事となれば料理人を呼んで、きてくれた客をもてなすのが普通であるが、自家で擂粉木で搗きながら、牡丹餅を作り、近所に配る程度で済ます法事のことである。現代の法事事情は、寺や墓地の近くの割烹料理屋で客に振る舞うのが普通のようである。

金ンだゝをいふとまんぢゅうさまだぞよ

「金ン」は坂田金時（公時）。幼名は金太郎。山姥の子で、足柄山で鹿や熊と遊んで育った。のちに源頼光に仕え、四天王に数えられる。まんぢゅうは、これも前に出てきた多田満仲である。頼光は多田満仲の子である。坂田金時もだだをこねると頼光の親父が出てくるぞ、と脅しているのである。金太郎は幼名だから、饅頭との言葉遊びの面白さも狙ったものではなかろうか。

むぞうさなもの八桶屋のぶん廻し

ぶん廻しは、正しい円を作る具。真っ直ぐな竹片を幹とし、それに枝を着け、枝の先に筆などを附けて幹を中心に筆を運び、そして円を作る、と『川柳大辞典』は説明している。現在で言えば、コンパスのようなものである。ぶん廻しを使う他の指物師は、もっと丁寧に使うが、桶屋はじつにアバウトである、と言っているのである。桶屋のために弁明すれば、それでも水の漏れる桶など作らないのだ。

とうとうんのんでとうめうせんを取

何かを呑んでいるようであるが、よくわからない。ネタ本に拠れば、刀身のようなものを飲み込んだのではないかと推理している。「とうと」はとうとうに同じとある。灯明銭は観覧料のことである。お天気のいい日に、上野公園でさまざまな芸を披露して、幾ばくかの寄付を請う見世物が出ている。あの種のものではなかろうか。

月二ツ出家けんごにまかりこし

遊所では月をだしにして客を呼び寄せる魂胆をしている。紋日とか物日と言われるものである。ここでは満月と後の月のことである。出家は芝増上寺あたりのお坊さんではなかろうか。「けんご」は堅固できちんとこの二つの紋日をこなしたということだが、堅固には解脱堅固という言葉もあるから、その辺の洒落とも取れる。

くわつ〳〵といふと帝は出来上り

『太平記』は四〇巻あって、その三五巻に日像上人の説話がある。平時平と共に菅原道真を讒訴した罪で、地獄に堕ちた醍醐天皇が苦しんでいるのを、日蔵上人が目撃する。「(帝が) 焼炭の如くなる御貌散々に打砕かれて、其の御形共見え給はず。鬼共又走り寄りて、足を以て一所に蹴集むるやうにして、活々と云ければ、帝の御姿顕れ給ふ」とあり、その「活々」あたりを利かした作品である。

たから舩並木の中をよんで行く

正月二日に見る夢を初夢といい、一富士、二鷹、三茄子と縁起のいい順である。そんないい夢を見るためにその夜の枕の下に、宝船の絵を入れておく風習があった。その絵を正月早々売り歩くのだ。正月と言えば注連飾りである。それを並木道に見立てたのである。一枚一文か二文だったという。「二文で買て一夜のる舟　誹諧觽」という句もある。

江戸もの丶生レそこない金をため

あまりにも有名で解説無用であるが、上五を「江戸っ子」と紹介したり、そう記憶をしている人が多いのではなかろうか。この際きちんと覚えておいていただきたい。下五が違うだけの「江戸っ子の生まれぞこない猪牙に酔」というのがある。参考までに…。

最ウ壹本はしそうにさす御用たし

御用達とは今でもたまに眼にすることもあるが、認可を得て宮中または官庁に用品を納める業者のことである。この句の場合は幕府の御用達である。御用達には苗字帯刀が許されているものも少なくなかったという。しかし二本差しで武家のように振る舞いたいのである。仕方がないので脇差を門差しで、腰に水平に差すのである。

あね女郎小よりを笑ひくより

新造や禿は若くて眠たい盛りである。姉女郎もお茶をひいて退屈なのである。居眠りを始めた禿にいたずらをしようと、紙縒りを縒り始めたのである。これで鼻をくすぐってやろうというのである。

一ト寝入りしても四条のわらひ声

京都の四条河原は夏になると縁台を出して涼みの人で賑わう。ときには深更にまでおよんで、ついうとうととしてしまう。ふと目覚めてみると、その賑わいはまだ続いている。この夏もまだまだ暑さが続きそうである。

花の留守五ッ半うち四ッをうち

当時の時刻は太陽の出と入りなどで夏と冬では若干の誤差があるが、生活そのものがアバウトなので不便を感じなかったのだろう。これは夜の時間帯である。五つ半は今で言う午後九時くらいであろうか。したがって四つは午後十時頃となる。そんな時刻になっても帰って来ないとなれば、どこかへ寄り道したのではないかと想像する。吉原近くには桜の名所がたんとある。あちらの花に招き寄せられたに違いない。留守番の想像力も逞しくなる。

揚詰メの座敷赤子の声がする

揚げ詰めとは、吉原で居続けを続けて何日も一人の遊女を独占することである。何日も一緒にいるとお互いに気を許して、より親しい間柄になる。ときには他の遊女の、あるいはそこの家の赤ん坊も可愛がったりするようになる。遊所には無縁のような赤ん坊の笑い声も、揚げ詰めでなければ味わえない賑やかさではなかろうか。

俄雨不二を目あてにかけつける

俄か雨には取り敢えずの雨宿りか、家に帰るには傘が必要になる。雨宿りなら軒下か、大木の下だが、傘となると知り合いか、傘を貸してくれる越後屋が頭に浮かぶだろう。知り合いも近くには居そうもないので、越後屋のある駿河町を目当てにしたのである。ここなら傘を貸してくれるし、雨が止むのを待つにしてもほどよい雨宿りになる。不二は富士山だが、駿河町からは富士山が見えたのが町名の由来である。

どくだてのやうに初会ハ喰ぬなり

毒断ては身体に良くないから食べてはいけないものをいう。たとえば、糖尿病には甘いもの。肝臓には酒、コレステロールには脂っこいものなどである。これは吉原での初会である。出されたものにも手を付けられないとはもったいないないし、味気ない。初会は儀式のようなものだからだが、それを通すのも江戸っ子の粋に繋がるものなのだろう。それにしてもと思うのは、こちらが野暮天だからなのかもしれない。

ふきとばしそうなさむらい壱人連

川柳に登場するさむらいは貧乏とされている。事実そうなのだろうが、そうした人たちが退屈しのぎに、あるいは賞品目当てに、万句合に積極的に応募していたことをうかがわせることでもある。この句の作者もそんな一人ではないかと想像したくなる。

侍はさむらいの体面を保つためにも、新年の挨拶には供を連れていた。たとえ供が雇えないほどだとしてもである。吹き飛ばされそうだとすれば、もしかしたら子どもかもしれない。身分制度を保つための辛い仕来りである。

馬をしょったが一生のふ人から

漢字を補うと「馬を背負ったが一生の不人柄」となる。不人柄は人品のよくないこと、と辞書は説明している。馬はさまざまにたとえられる。私は付け馬と解いた。何冊かのネタ本はいくつか類推しながらも、付け馬をとるものはなかった。故事などをほのめかしていて、それが正しいのだろうが、句としての面白みがない。吉原あたりの付け馬としたほうが、背負うが生きてくるような気がする。付け馬を背負ってきたからと言って、一生信用を失くしたとするのも大げさかもしれないけれど。

二人りとも帯をしやれと大屋いひ

大屋は大家とも書き、長屋の管理を任された人であるが、長屋の住人の管理監督もする。「大屋と言えば親も同然」と言われる所以でもある。信頼もされ、頼られてもいた。それだけ怖い存在でもあったのだろう。

この句は浮気の現場を押さえられたのだ。慌てふためく二人へ大屋の咄嗟のせりふである。どちらも慌ててはいるが、さすがに大屋、親も同然のように、まず二人の取るべき行為を示している。

しほたれたれい人ンの居る神楽堂

伶人とは、神楽堂などで笛や笙で雅楽を奏する人のことである。中には貧相な人もいただろう。というのは、雅楽で舞う神子の艶やかさが目立つからである。伶人には神子の夫もいたというから、その落差も笑いの種にしようとしていたのではなかろうか。

膳だてをするが椀屋のまけじたく

父の唯一の道楽に漆什器の収集があった。家には貧乏農家には不釣合いなお椀がたくさんあり、出入りの漆屋さんもいた。その人が来ると、狭い茶の間にそれらを広げている、父と漆屋さんを何度か見かけた。購入したかどうかは定かでないが、什器をひろげて、雑貨屋の店先のような光景が記憶に残っている。その際買う気になれば、負けろ、負けられぬのやりとりがあったはずである。商いが成立すれば、その品物を拡げて、キズや塗りむらなどをチェックしたかもしれない。まるでこれから食事が始まるかのようにである。

綿入レにうつれとくわん木二枚なげ

貫木とは、賭場の貫高を記した木札で、その賭場でお金の代わりを果たすものである。テレビの時代劇で、賭場でばくちに勝った者が、その木札を現金に替える場面を見たことがある。綿入の正体が分からないが、壷振りでもあろうか。あるいはついている場所だから、貫木二枚で替わってくれといっているのだろうか。ご存じの方のご教授を仰ぎたいところである。

びろ〳〵としてハ御さいハつとまらす

びろびろとは、意地きたなく探しまわるさま。女性に対してだらしのないさま、と『広辞苑』は説明しているが、この句は後半のほうの意味合いであろう。同じく御宰も、江戸時代、奥女中に使われ、雑用や使い走りをした下男との説明である。女性にだらしがなくては、御宰は勤まらないことになる。

ぬしづかつしやいとおとける大一座

主づくとは、主を持つこと、お嫁に行くことというほどの意味であるが、湯屋などで盗難があったときに、自分の持ち物を持つときにも使われる。この句はお葬式などのあとで、吉原へ繰り込んだ大一座が、そろそろ相手を決めようではないかと、湯屋での緊張する場面に使う言葉でおどけて見せたのだろう。

にこついて通れハどこへ行キなさる

思い出し笑いなら吉原あたりからの帰りだろうが、これから出掛けるのに、にやにやしているとなれば、これも吉原か岡場所が想定される。あるいは逢引きということも考えられる。悟られてはまずいと思いながらも、顔は知らず知らずにゆるんでしまう。

出合イするぐるり池水イをたゝへつゝ

上野の不忍池の周りには出合い茶屋が多い。そこでの秘めやかなるデートであろう。必ずしもぐるりと廻ったということではなく、謡曲「庭には池水をたたえつつ」の文句とりであろう。

御り縁の跡すゞむしのなく斗

ご離縁ということだから、大名とかの身分の高い奥方であろう。鈴虫は身分の高い奥方の異称でもあるから、そのさびしい光景を詠んだものである。

不二山ハみじんつもらす一夜也

みじんは微塵。こまかい塵のことだが、塵も積れば山となるという諺がある。こつこつと努力することの大切さを教えるものだが、富士山は日本一の山となるのに、一夜にしてなった。一説には孝霊五年に琵琶湖と共に一夜でできたと言われる霊峰である。とは言え、われわれ凡人は塵も積れば山となるを信奉していくしかない。

むつ事の中へ油をつぎに出る

最初は新婚さんへ姑の意地悪かなと思ったたが、これは吉原の一夜である。吉原には寝ずに番をする若い衆がいるが、深夜に行灯の油を注ぎ足すのも彼らの仕事である。ときにはとんでもない睦言を聞いたり、聞いてはいけない秘密を知ることもあったに違いない。

ばかな事生酔琴でおどる也

人間酔っ払うと、その場の雰囲気が読めず、とんでもないことをしでかす。三味線は陽気で賑やかで踊るにも拍子のいいものである。それに引き換え、琴は静かで上品である。踊りの調子ではない。よくある光景を詠んでいるが、それ以上のものではない。

座敷らうたゝませて置クいやなきみ

座敷牢は放蕩息子を監禁するためのものだが、悔悛の意を表わしたので牢は解体した。とはいえ、その約束はいつ反故にされるか分からないので、板などの材料は捨てないでいつでも使えるようにしておくのである。息子にとってはまことに嫌味なことで感じが悪い。

下女を直すにつき縁者二人そり

直すとは正妻に直すということである。妻を亡くした主が、つい手近な下女に手を出して妊娠させてしまったのである。仕方なく正妻に迎えたということだが、これにはいろいろ反対もあったが、止むを得ない選択である。反り身になって対応したのは下女の父親と伯父さんあたりであろう。娘を傷物にされた。かわいい姪を泣かせたと、高く売りつけようとしたのではなかろうか。別の解釈もあるが、私は素直に鑑賞するようにしている。

車にてしきみ淋しく引て行

樒はシキミ科の常緑小高木。山地に自生し、また墓地などに植える。高さ三メートル。葉は平滑。春、葉の付け根に黄白色の花を開く。花弁は細く多数。全体に香気があり、仏前に供え、また葉と樹皮を乾かした粉末で抹香や線香を作り、材は器具用。果実は猛毒で、「悪しき実」が名の由来という（広辞苑）。そんなものを車に積んでいるから、荷車を引く人も、つい掛け声が遠慮がちに低くなってしまう。

ふらないと首を取ルよと内義出る

こんにちのように、天気予報を見て出掛けるわけではない。出掛けるときの雲の動きで判断するしかない。傘は大きく重いから、なるべくなら持ち歩きたくない。だから大丈夫と踏んでみたものの、家人は、帰る頃には降るかもしれないよ、とアドバイスする。あるいは強気に首を賭けてもいいなどと、自論にこだわったのかもしれない。よくありそうな光景である。

ものあきと見へて奉書のたはこ入

ものあきは飽きっぽい人のこと。いろいろなたばこ入れに凝った末の奉書紙のたばこ入れである。奉書用の紙は丈夫で種類も豊富で選ぶのもたのしい。今度は何にしようかと考えている、大店の道楽息子ではないだろうか。

仲人を二とせうらみるつらい事

三年間つらいことを強いられるというのだから、鎌倉の東慶寺の嫁の句である。この上ない良縁という、仲人口を信じて結婚をしたけれど、姑と反りが合わなかったり、夫たる男がぐうたらだったのか、離縁を望んで鎌倉まで逃げてきたのである。それにしても仲人の口車に乗ったのが悔やまれると、後悔しきりである。うらみるは恨むと同意である。

みん〳〵とないても月と花ハ見す

みんみん蝉は鳴き声からの命名だろうか。聞き方によっては「見ん見ん」と聞こえる。つまり花も月も見ないということである。月は秋、花は春の吉原の紋日ではなかろうか。手元不如意か伊勢屋というけちんぼだろう。蝉の声はひと際高いが、それだけにけちんぼが際立ってしまう。

聟のどらあの娵ならばむりならず

入り婿のことだろうか。娵さんがあれでは婿さんのご乱行も止むを得ない、と男目線が気になる。入り婿ならわがままな家付き娘とも取れるし、容貌は判断しかねるが、古川柳はこの辺にこだわったりするので、そこらあたりか。それにしても、その程度の句である。

あしたおつしやれと内義へ下戸渡し

飲みすぎて正体不明になって帰った夫。普段は酒など飲まないのに、不審顔の妻へ、詳しいことは明日聞きなさいと、送ってきてくれた連れに言われている。ただそれだけの句なのだろうが、送ってきた仲間のほっとした顔も見えてくる。妻にとっては悪友でしかないが、本人には、だから貴重な友だちである。

とうしせん見て居るむす子けちなつら

とうしせんは『唐詩選』である。唐代詩人の詩選集で、日本には江戸初期に渡来し、漢詩の入門書として盛んに用いられた(広辞苑)。唐は中国の王朝で、六一八年~九〇七年まで続いた。けちなつらは冴えない顔というところか。吉原などで遊んでばかりいる放蕩息子が、たまには勉強でもしろと言われたか。普通なら家業に精を出せというところである。逆に遊びを知らず、本ばかり読んでいる男は、同年輩の若者にとって、冴えない男に見えるかもしれない。

やんや迄ひいてハげびる娵の琴

嫁、殊に新婚から間もない嫁である。奥ゆかしく楚々とした風情が望まれる。たまには琴など所望されることもあろう。そんなときでも、最後まで弾いて、みんなから褒められるまでリクエストに応えるのは、上品な嫁のすることではない、と嗜めている句である。それにしても「げびる」とか「けちなつら」などと、江戸言葉も品がない。もっとも、川柳に上品さを求めるのが無理な話である。

傘あやめ持て御住寺申ます

傘とあやめ、梅雨どきである。時季もいい。お寺の和尚さんが檀家から傘を借りて、それを返しに来た遣いの小僧さんの挨拶である。和尚さんがよろしくと申しておりました、と丁寧な言葉で挨拶したに違いない。上品できれいに纏められている。さっきの句とはだいぶ趣が違い清々しささえ感じられる。

ぬけ参リ蔦に取つき登る也

抜け参りは前にも出たとおもうが、両親や雇い主に断り無く、伊勢参りに出かけることである。当時の人は伊勢参りには寛大であるばかりでなく、積極的に協力する風潮があった。蔦は藤堂家の家紋である。藤堂家の領国は伊勢である。だから藤堂家の大名行列の後に着いて行けば迷うことはないし、食糧も恵んでもらえることもある。江戸から上方へは「上る」となる。蔦も上に上っていく。縁語仕立てでもある。

吉原へ二三度いって気の高さ

吉原は非公認の岡場所と違って、初会から馴染みになるまでは、いろいろな手続きが要る。お金も半端ではない。それを二度三度となれば気が高くもなろうというもの。まだ若い者であろう。周りは吉原など高嶺の花の連中である、つい反り返ってもみたくなる。気の高さとは、自分が他人よりすぐれていると思い、他人に対して自分の優位を保とうとすること。それにしても吉原へ二、三度でこの態度ではお里が知れようというもの。

朝かへりそれおやぢがとおとされる

朝帰りの息子である。恐る恐る帰ってきた息子に母親が脅かし半分、注意半分で言っているのであろう。当時の父親は息子にとって怖い存在である。特に後ろめいたことをしていれば余計である。当時の息子は余程でない限り父親には反抗しない。それは儒教的教育のしからしむところであり、最終的には勘当という制裁もあるからである。おやじが怖いうちはまだまだ安心していられる。

品川ハころもく〱のわかれなり

衣衣の別れと書いて、きぬぎぬの別れと読む。そのくらい知っているよ、といわれそうだが、品川はそうではないよ、という句である。当時の品川辺りの切絵図を見ると、芝、高輪辺りは寺院ばかりで、真っ赤に塗りつぶされている。品川は東海道の最初の宿場で、岡場所としても賑わっていた。お寺のお坊さんもたんと出かけたであろうことは、想像に難くない。

今の駕最ウ帰るハとすけんいひ

場所は日本堤あたりであろう。吉原へ行く駕篭が頻繁にとおる。当然帰りの駕篭もある。すけんは素見でひやかしの客である。さっき客を乗せて吉原へ走って行った駕籠が、もう別の客を乗せて帰っていく。その賑やかな様を羨ましさ半分、やっかみ半分で検分しているのだ。彼らは登楼するほどふところ具合が良くない。だけど暇だから吉原辺りをひやかそうという輩である。現代の若者と大きく変わるところはない。

目があると女房にするとごぜをほめ

瞽女は盲目の女性でごぜ歌などを唄う門付けである。これは瞽女を口説いている図であるが、目が見えたならとは、常套的で口説きとしては上等とは言えない。私が子どものころ、新潟の寒村にはまだ瞽女がまわって来ていた。二人か三人で一人は目の見える若い女性が先導者としてついていた。ごぜ歌には物寂しい響きがあったような記憶がある。新潟地方は比較的遅くまでこういうことを生業としていた人がいたようである。斎藤愼一という人は瞽女の絵で知られる人だが、それにも深い悲しみが塗り込められている。

生娘をくといてごうをさらすなり

生娘とはまだ男性と接触のない女性（広辞苑）のこと。いきなり口説いては、驚かせるだけである。とんでもないしっぺ返しを食わされたのであろう。この句は業を晒すとオーバーに表現することで、面白がっているだけである。

ほうづきを荷ともに娵ハ取よせる

まだ鬼灯を吹きたいという嫁である。若くて新婚というところか。たまたま鬼灯売りが通ったので、買おうと思ったのだが、表で買うと誰かに見られてしまうから、家の中へ荷物と一緒に呼び込んだのである。と解釈されているが、取り寄せるに拘ると、実家からの荷物の中に鬼灯も入れたとも取れる。どちらにしても若い嫁の心情が分かる句である。

おさへやす桜田さんとばちでつき

おさへるとは、盃を差された時、押しとめてもう一度飲ませることと説明されている。桜田さんは花は桜木人は武士から、武士をからかい半分に揶揄しているのだろう。ここは差し詰めお留守居役と踊り子という場面ではなかろうか。踊り子の三味線の撥がお留守居役の膝でも突いているのだ。お留守居役は外部との接触が多いので、それをさかなにされているのだろうが、踊り子にしてみれば口説き下手な武士のひとりでしかない。

とち狂ふふりで袂へ文をいれ

とち狂うとは、ふざけながらという場面である。ふざけあいながらも、ラブレターを袂へねじ込むとは、なかなか手馴れたやり方のように思える。この場合、当然男性から女性へである。

なまりぶしよと金持の格子から

なまり節は、鰹を蒸してなまほしにしたもので、煮しめ、味噌煮、酢の物などにして食べる。初鰹の対極のもの。金持ちはケチだから、初鰹には目もくれずなまり節の頃を狙って食べようとする。川柳では金持ちはケチとされているが、そうでなければ、お金も貯まらないだろうと、同情の意味合いもなくはない。

もち花でこまかそうとハふといやつ

もち花は目黒不動の名物で、赤、白、黄に彩り、竹を割って簪のように飾りつけたもの。見た目がきれいなので土産にすると喜ばれた。目黒不動の近くに品川という遊所がある。遊んで帰る後ろめたさに土産を買うのだろうが、もち花と知れば、品川辺りの帰りとばれそうな気がしないでもないが、それもまた家族のきずなを結ぶ一つの方便である。

此村の娵で合羽ももっている

村では雨が降れば蓑笠が普通である。それが合羽も持っているとなると、少し裕福ということか。ただし、結婚式ということになれば、けちな嫁入り風景である。「もっている」という表現から、少しは裕福な嫁入りということだろう。それにしても江戸っ子の地方を蔑む匂いが感じられる。それが句の主旨であってみれば仕方のないことであるが。

大三十日手をくんで居るすまぬ事

大晦日とくれば掛け取りからどう逃げるかということであり、どう弁解するかということである。一人では無理なので家族や友人の協力が欲しいところ。協力する人たちもその人に掛け取りが来れば立場を変えて協力する。貧乏は相身互いであり、明日は我が身で、協力体制は万全である。貧乏だからこそ味わえる人情ばなしである。

蚊にくわれたのもうらみの数の内

昔は夜這いという風習があった。悪弊というべきか、美風というべきか。美人の誉れ高い娘の寝所へ直接交渉に忍び込むのだが、相手には拒む権利がある。『広辞苑』を引くと「婚」の字を当て、求婚することと説明がある。かつてはごく普通の求婚作法であったのだ。実際は「夜這い」を当てて恋人のもとへ忍んでいくことのほうが一般的であり、此の句もそうした一場面である。夜這いを敢行したのはいいけれど、娘に拒絶をされてしまった。しかも蚊に食われるというおまけまでついた。振られた恨みは倍増したに違いない。現代なら立派な家宅侵入罪である。恋の告白はフェアにゆきたいものである。

ころんだをあんざんの後はなす也

女性は妊娠すると、赤ちゃんが無事に産まれるまで、無事に産まれることを願いながらも、不安を抱えながら過ごす。だから少しの不安要素も口にしない。自分でも不安だし、周りも心配する。無事に産まれたから笑い話であるけれども、転んだ話など妊娠中は禁物である。賢い嫁さんであり、いい母親になりそうである。

信濃ものにつこりとして喰かゝり

信濃ものと言えば大食漢というのが、川柳の約束ごとである。大きなめし茶碗に山盛りの飯が盛られては、信濃ものでなくともにっこりしてしまう。もちろんそれでは句にならないので、信濃の人に登場してもらったわけである。誰であれ、食事前の期待感を詠んで、見ていて気持ちのいい光景ではないか。

御待かねだろうと舩ではかま取

吉原へ行く途中である。普通袴と言えば武士であるが、ここでは葬式帰りと取りたい。葬式帰りは一座を組んで吉原へ繰り込むのが、これも川柳の定番。何かの理由で仲間から遅れてしまった。さぞかし待っているのだろうなと、舟の中で普段着に取り替えている図であるが、案に相違して仲間は彼のことなど忘れているに違いない。その一人合点を笑いのタネにしているのである。

相手を仲間ではなく、馴染みの花魁と想定してもいい。これも向こうは彼を待っているのではない。彼が払うお金であり祝儀である。思い込みの差が大きければ大きいほど、笑い声も大きくなる。

いたゝいて茶代をとるハばゝあなり

浅草はいまでもそうだが、江戸時代も繁華街として賑わっていた。浅草寺にお参りする人が多かったからである。人が集まれば、その集まった人を相手の商売が成り立つ。そのなかに茶屋がある。二十軒茶屋として知られている。二十軒茶屋とはどういうものかは『川柳大辞典』で紹介したい。「浅草寺境内、雷門を入って仁王門まで行く間（今日の仲見世）の右側、即ち伝法院の向う側にあった茶屋の称で、昔は三十六軒歌仙茶屋と云はれたが、享保の頃には二十軒に減じたのでこの称が出来た。其後、文化頃には十六軒に、天保頃には十軒になったと云ふ。元より水茶屋で最初は寺内で借地住居する事が出来なかったので、皆極めて粗末な葦簀張りの出茶屋であった…」。それがなぜ流行ったかと言えば、美人のメイドを置いたからで、それを目当ての男どもが集まってきたのである。彼女たちは当然のごとくお金を取り、押し戴いてなどということはしなかった。たまにいたとすれば、年寄りの女性であった。

大津絵のやうに王照君を書キ

「王照君」は「王昭君」の誤記。王昭君は前漢の元帝の官女、名をしょう、字を昭君という。元帝の命で前三三年に匈奴の呼韓邪単于に嫁し、夫の死後その子の妻となったという。中国王朝の政策の犠牲となった女性の代表として文学・絵画の題材となった（広辞苑）。大津絵とは、これも広辞苑の説明を拝借する。「近世初期より近江の国大津の追分・三井寺付近で売り出された民衆絵画。庶民の礼拝用の略体の仏画の始まり、元禄の頃から風刺をまじえた明解な風刺画のものが登場し道中土産として世に迎えられた。代表的な画題は鬼の念仏・槍持奴・藤娘・瓢箪鯰・座頭と犬など」と説明する。元帝は宮廷絵師に後宮の官女の全てを花嫁候補として描かせた。その折、官女たちは賄賂を遣って美しく描かせたが、美貌の王昭君は賄賂を遣わなかったために、鬼のように描かれたのではないかとの想像の句である。

びいどろのかんさし村のはで娘

びいどろとはポルトガル語で、ガラスのことである。当時の簪は鼈甲を最上級とした。びいどろはその頃の流行りもので、それを髪に挿しているのは、当時としては派手な娘に見えたのだろう。現代で言えば流行の先端をゆくギャルである。ところでここでは村娘と言っているので、江戸市中ではさほど珍しくなかったのだろう。現代では、都会も地方もおしゃれに関しては、さほどの違いはない。テレビや週刊誌、インターネットの電波網は瞬時に世界を一色に変える力を持っている。私は古い時代が懐かしいアナログ人間である。

とうらしやいあんともせぬとせなあいひ

会話体である、漢字を交えて分りやすくするならば「通らっしゃい。何にもしませんからと兄いい」である。馬を怖がっている人へ馬子の台詞である。江戸っ子が田舎言葉でのからかい気分である。「せな」もしくは「せなあ」は家兄、又は単に男を指す語。古くは『せこ』などと同じく、夫を指して女から親しく呼びかけた語である。近世は東国の田舎の方言として多くは使われている（川柳大事典）。

乳もらいへ気の毒そうに芝居也

母親は産後の肥立ちが悪いか何かで、亡くなってしまったのだ。乳呑み児を抱いて乳の出る女性を探して歩いているのだ。たまたまそうした女性の家を訪ねたのだが、当人は芝居に出かけて留守である。留守番が気の毒そうにつたえている。ミルクなど無かった時代の子育ての難しさの一面を覗かせている。

人のすゝみをかわかしにひらだ舟

「かわかし」とは、他人の物をただで使ったり、無料で見たり聞いたりすること。「ひらだ舟」は平田舟で、底が平たい大型の川舟である。屋形船で三味線や笛・太鼓で賑やかな納涼船を、平田舟でただで楽しもうとしているのである。けち臭い話のようだが、江戸の庶民は屋形船など望むべくもない。ただ平田舟で川風に吹かれたいだけなのだ。川を通る屋形船など予定したものでないだけに、余計に得した気分にさせてくれるのである。

なびかぬと鎌でおどかす麦の中

麦畑は農村の密会の定番的シチュエーションである。鎌で脅かすとはあまり穏やかではないが、多少のオーバー表現も相手の言い訳にもなるから許されるだろう。それよりも成長した麦を倒さないような気配りが欲しい。彼女を思い遣るように。牧歌的であり、どことなくユーモアが感じられる。

かさぬくせいけんかましい事をいひ

お金を借りに来たのである。貸してくれないなら、貸してくれないで仕方がないけれど、お説教だけとはありがたくない。貸してもらえるなら、通過する雷のごとく耐えなければならないが、と思ってしまう。貸さない人のほうが意見をしたくなるのは、半分言い訳なのだと聞き流すに限る。次の叔父さんへ的を絞るのが賢明な策である。

ほりかけた臼などの有ルさかいろん

臼は穀物を搗き砕き粉にしたり、餅などを搗くのに用いられる器具である。材質は木もしくは石であるが、この場合、石のものを言っているのだろう。境論などと諍いを感じさせるが、そういう深刻なものではなく、隣との境目辺りを掘ったら、彫りかけた臼が出てきたのである。垣根や石垣などのない、庶民的な境目談義である。

旦那敷きましやうと四ッ手帯をとく

吉原へでも出かけようとするお客を捕まえた、ケチな四つ手駕籠である。座布団などないので、着ている半纏を座布団代わりに下に敷こうとして、帯を解き始めた図である。これもサービス精神の現われで、客としては悪い気はしない。大門辺りで降ろしてもらったときに、何文かの心付けを弾む気にさせてしまう。

あてことも無と財布を母ハもき

「あてことも無い」とは、とんでもないということである。道楽息子が母親の財布から、いくらかくすねようとしたところを、見つかってしまったのだ。もぎ取られても仕方のないことだが、息子に甘いのが母親、いくらかでも財布の紐を緩めたのではないかと、これは当て推量である。

きつい事昨夕迄ハしぶんなり

武士の年始の礼にはお供がついて行く。しかし普段下男など雇えない下級武士も少なくなかった。そこで、お正月だけ、にわか仕立ての供侍を雇うのである。中には町人も居る。三日間のにわか武士に仕立てられて年始まわりのお供をさせられる。気分はいいし、手当ても悪くない。ただしこれは正月三日間だけである。それがすぎれば元の町人に戻る。その落差は大きい。いかに武士が優遇されているかを感じさせる。武士と町人では身分の違いだけでなく、言葉も違えば、着ているものも髷までも違う。見ただけで、言葉を聞いただけで、身分の相違が分かる仕組みになっている。身分制度の現実である。

くらやみへ四ッ手衣を引ィて行

くらやみだが、これは「暗闇から牛」の諺を利かせて、高輪辺りだろうと『誹風柳多留一一篇輪講』は読み解いている。四ッ手は四つ手駕籠とすれば、衣は増上寺のお坊さんであろうと簡単に想像出来る。品川の遊所へ出かけるのに、ひとに気づかれないようにというのが、「くらやみ」の言葉で生きてくる。さらに言えば、僧侶の女犯は罪が深く、暗闇へ堕ちると言われている。古川柳の言葉は幾重にも謎が仕掛けてあって表面だけで捉えると、とんでもないことになるので用心をしている。

花の山鬼の門とハおもわれず

花の山は上野である。上野は江戸城から見ると丑寅の方向、つまり鬼門である。寛永寺は江戸城の鬼門を守るために建立されたものである。鬼門は縁起の悪いものとされているが、上野は江戸でも一、二を争う賑やかなところで、さらに北には浅草があり、吉原へ廻ることも出来る。結構なところではないかと、江戸っ子の見栄も感じられる。

昼時分おきて花火のはなしなり

両国の川開きは五月二八日である。『江戸年中行事』(三田村鳶魚編)の五月二八日の項には「両国夜見せのはじまり、大花火あり、夜みせ八月晦日まで」とある。『東都歳時記』には「両国橋の夕涼み、今日より始まりにして、今夜より花火をともす。逐夜貴賎群集す」とも。花火を口実に夜更かしをしたので、その言い訳のように花火の話などして、遅く起きたことの言い訳をしているのである。

金ひやうふ生酔に手をあてるなり

「あてる」とは、うまく扱うというほどの意味である。金屏風はお祭りの際に店頭などに飾ったものである。ときには借り物で立派に見せようとした。酔っ払いの手で汚されては一大事である。酔っ払いの手が触れないように庇ったというのである。

娵とよめはなすをきけば雛の事

三月三日は桃の節句でお雛様を飾る。当時女の子が生まれると、その初節句にはお雛様を飾る。それを嫁入り道具の一つとして嫁ぐ。この句は二人の若い嫁が自分の雛人形を自慢でもしているのだろう。お互いに自分のお雛様が一番いいと思っているのである。そんな感じが伝わってくる。

雛人形の歴史は古く平安時代ごろに誕生し、その頃は立ち雛であったが、室町ごろにはすわり雛となり、江戸中期以後には現代のような形になったという。埼玉県では鴻巣市とさいたま市岩槻区が人形の町として古い歴史がある。

つき出しの一日二日はれまふち

「つき出し」を広辞苑で引くと突き出しとあり「③初めてそのしごとにつくこと。初めて客の前に出すこと。また、その人や物。禿から成長して初めて一人前の遊女として披露されること。また、その遊女」と説明している。「はれまぶち」を漢字で書くと「腫れ目縁」である。初めて遊女として見ず知らずの男に身を任せるのである。二、三日泣き暮らしたとしても当然である。川柳作品はそこに感情や思い入れを一言もいれずに写生するだけで、一人の女性の転機を伝えている。読者に感想を一任しているのだ。

ふもとから来る三みせんハさくらどう

三味線を辞書で引くと胴材に関しては「桑・鉄刀木（たがやさん）・花梨で作り…」とあり桜胴についての説明はない。ということは安物の三味線ということであろうか。あるいは花見に合わせた、縁語仕立てという狙いもあるだろう。花見の場所としては上野と飛鳥山が知られているが、上野は音曲など鳴り物ご法度だったから、飛鳥山であろう。そのほうが、安物の三味線が引き立つ。

王子あたりの芸者を呼んでのどんちゃん騒ぎだとすれば、そのまま現在の花見風景になる。

斎日ハちつさなやうに事をかき

斎日はいわゆる薮入りである。従業員は出払って誰もいない。ちょっとした用でも自分でやらなければならない。普段如何に何もしていないかがわかる。小さなことでも自分でやってみれば、その日の従業員たちの解放感も理解出来るのではないだろうか。

通リ丁壹丁行ばかごいかご

通り丁は繁華な目抜き通りをいう。当時は日本橋を中心にして、南北に通じる大通りのことである。北は神田須田町あたりまで、南は金杉橋まで通じる。一丁は六十間、約一〇九メートルである。ちょっと歩けば客待ちの駕籠がいくらでもいて、人を見かけると「かごい、かごい」と声を掛けてくる。町駕籠は現代のタクシーのようなものである。遠くまでの客なら酒手も期待できるので、そんなふうに見える人には、ひと際大きな声になるのではないだろうか。客商売の苦労が偲ばれる。

葉うら迄見ても女房ハくれぬ也

花見風景である。男たちは花よりだんごで、花など見ずに酒や料理を口に運ぶのが忙しく、時間のたつのも忘れて騒いでいる。一方女たちは充分に花を堪能しても、まだ時間はさほどたっていない。陽の暮れるまでいるには忍耐がいる。葉の裏まで見るように桜を見たけれど、男どもはいま宴会のたけなわである。

かぢ原ハ二タことめにハあなをいひ

かぢ原は梶原景時。鎌倉初期の武将で源頼朝に仕えていた。彼については『川柳大辞典』の説明を借りる。「平家の臣でありながら、頼朝が石橋山敗戦の折、伏木隠れの難を救い、後に源家に従って頼朝の股肱たり、よく讒言を勧めて人に擯斥された」とあり、歴史上の悪人？である。伏木隠れの難とは、治承四年（一一八〇）、源頼朝は石橋山に兵を挙げたが、大庭景親のために敗れ、ただ七騎で落人となり、伏木の穴に隠れた。その折、梶原景時はそれを見つけて助けた。その後頼朝に仕えたが、何かあるとこのことを吹聴して嫌われていた。

紅葉からされハといふハ女房もち

紅葉の名所として知られているのは、正灯寺と海晏寺である。古川柳にはしばしば出てくるので説明の必要はないが、いずれも遊所に近い。正灯寺は吉原へ、海晏寺は品川へと流れやすい。紅葉見物が終わったので、そのまま帰ろうとするのは、女房が怖い既婚者である。とこれは、遊所へ行った人の弁である。恐妻家と侮られても、そのほうが賢い選択である。

目さましに御用したゝかくらわされ

御用は酒屋の御用聞きの小僧さんである。樽拾いなどと言われることもある。きつい労働につい居眠りをしてしまったのだ。そこへげん骨が降ってきたのだから、たちまち眠気は遠のいただろうけれども、つらい日常が偲ばれる。私も小さな商店で御用聞きをやったことがある。私の場合、居眠りが出るほどきつい仕事ではなかった。お陰で自転車が巧くなったのではないかと思っている。

金札を立テた晩から人通リ

羅生門は平安京南面の正門である。ここに夜な夜な鬼が出るというので、人が恐がって寄り付かなかった。そこで渡辺綱が、その鬼の片腕を切り、退治する。金札はその証拠に立てたもので、それからは人通りが多くなったというのである。渡辺綱は平安中期の武人で、源頼光の四天王の一人であることも知られている。

つく田への壹番舟ハ米屋なり

佃島は現在は東京都中央区の南東部の地名であるが、江戸時代は文字どおり隅田川河口の小島であった。ここは漁師町で畑も田んぼもない。主食である米は舟で運んでこなければならない。米を渡り物的な意味合いで、舟を句の中に織り込んだものである。

女良屋のおまけハ内義申ます

「内義申ます」は「これは内儀からの…」という意味のサービスである。金額にすればたいしたものでないにしても、特別の配慮だと思えばついいい気になって、余計なお金を使ってしまう。今でも飲み屋の女将などの使う手管ではなかろうか。「得した気分」はいつの世も変わらない喜びである。

一トしきり女房ハむごくすてられる

「一頻り」は「しばらくの間、盛んなさま」(広辞苑)だとすれば、倦怠期あたりの浮気というより、吉原通いではなかろうか。あるいは妻の妊娠中も考えられる。いずれにしても、妻が一度は味わわなければならないことなのだろう。それにしても男社会の時代であるから、誰もが当然のように思っていることなのだ。

山もぬくいせいをくじく車留

分かりやすくすれば「山も抜く威勢を挫く車留」とでもなろうか。秦末の武将項羽の「力山を抜き、気世を蓋ふ」からとったものである。項羽が韓信と戦った折に、韓信は戦車を用いて項羽の大軍を打ち破ったという故事句(『略註誹風柳多留一一篇』関西古川柳研究会)とある。車留は路、橋などに車の通行を止めることである。荷車を引く人たちは荒っぽく威勢よく車を引く。車留はその勢いを止めてしまうということだが、項羽の故事で仕立てたことがお手柄の句である。

三味せんをにきつて通る舩番所

船番所は水路に設けられた番所である。江戸の水路には何箇所かあったが、川柳では中川番所がよく詠まれている。番所を通るときは、音曲は禁止されていたから、三味線は握ったまま通り過ぎたということである。

江戸川柳を楽しむ会というのがあって、私もたまに参加する。数年前の五月にこの江戸川柳を楽しむ会が小名木川リバーツアーを行なった。小名木川は江東区の北部を東西に横断し、隅田川と中川に通じる運河である。その時は江東区森下から乗って、中川番所までのコースである。ここにはその史跡が残っている。ガイドがいてよく説明をしてくれた。この番所を詠んだものと思われる句を何句か紹介する。いずれもこの折の資料に拠るもので、江戸川柳を楽しむ会が纏めてくれたものである。

通ります通れに昼寝起こされる
中川ハ同じあいさつして通し
船と岡とで中川の鸚鵡石
秋風ぞ吹く中川の関をこえ
真間の紅葉は中川の灯が苦労

鸚鵡石は岩に反響して木霊する石であり、中川は市川の行徳に通じる。ここには紅葉で知られる寺がある。番所は暮れ六つに閉鎖される。

あなへゆびあてゝかたきをねらふなり

時代劇を見ていると、虚無僧がよく出てくる。深編み笠に着流しで、尺八を吹きながら喜捨を請うて各家をまわる。だいたい仇を深しているか、あるいは仇持ちの浪人である。時代劇の設定は概ね時代考証にあっていたことがわかる。この場合は前者であるが、尺八は必須アイテムである、穴で音階の調整をする。

女房のりくつ吉原みぢんなり

男が吉原へ出かけるには、男の付き合いだとか、商売の義理もあるから、などとむりやりの理屈をつける。しかし妻にしてみれば、ただの遊びであり、楽しそうにしているではないか、と正論を主張する。やはり妻の理屈のほうが筋はとおっている。みじん切りは妻の得意料理でもある。だからと言って、夫が吉原行きをやめようとしたわけではないようである。

此かぎを合せてみなと遣りて出し

吉原の遊女は自分の箪笥を持っている。当然鍵をかけておく。自分でも持っているが、一つは遣り手に預けておく。たまたま自分の持っていた鍵が見つからないので、遣り手に預けた鍵を借りようとしたのである。遣り手のほうは何人もの鍵を扱っているので、どれが誰の鍵だか分からなくなる。だからいい加減な見当で一つの鍵を差し出したということである。遊女は幾重にも管理されていたのである。

一礼をのべると茶番〳〵よび

参考書には呉服屋の店頭風景と説明されている。高額の反物で商談が成立したので、お礼を言ってお茶でもてなそうと、茶を運ぶ者を呼んだのである。茶番が繰り返して遣われているが、実際にそんなふうに呼んだものであろう。

茶番劇という言葉がある。茶番にはばからしい、底に見え透いた嘘、などという意味もある。これは茶番狂言から来たものであろう。

番太郎としよのあゆみをおくる也

番太郎は番太とも言い、町内の番所で働いている人である。多くは年寄りがなる。「としょ」は屠所、処刑場である。番太郎は罪人を屠所へ伴なうこともあるが、屠所へ行く者は大概元気がない。番太郎も年を取っているので、屠所へ向かう罪人のような歩き方、姿勢になってしまう。

目黒から引ッ切りもなくすゝめこみ

目黒不動の縁日は毎月二八日であるが、参詣の帰りには品川あたりへまわろうとしている人たちである。それも躊躇なくというより、最初からそれが目的でもあったのだ。現在の山手線では品川まで目黒から三つ目になる。現代の人はちょっと歩く気はしないだろうが、当時の人にとってはそれほど苦にならない距離である。ましてや先に楽しみが待っているのだから。

壹人リさへ買かねるのに惣仕廻

「惣仕廻」は前にも出てきたが、その妓楼の遊女をすべて買い占めて遊ぼうということである。庶民の懐はそれほど豊かではない。一分ほど待って出かけるにしても、さまざま知恵を絞らなければならないのが現実である。紀伊国屋文左衛門の豪遊はつとに知られているが、ほとんど神話のように感じられる。

是で最ウ弐りやう着切ルと前九年

前九年の役とは、源頼義・義家親子が奥羽地方の豪族安倍頼時とその子貞任・宗任らを討伐した戦役。平定した一〇六二年まで十二年にわたって断続。後三年の役と共に源氏が東国に勢力を築く契機となる（広辞苑）。長い合戦だったので、鎧も二領も擦り切れるほど着てしまった。領は鎧兜などを数える言葉である。

おつかけるやりてみかんのかわを持

蜜柑を盗み食いした禿を追いかけている遣り手。といった図であるが、いたずら盛りであり、お腹の空く盛り、食べたい盛りである。蜜柑は『千両蜜柑』という落語もあるように、ごく一般的な果物として食べられていたようである。しかし一頃のバナナのように、けっして安くはなかったのかもしれない。遣り手と禿のゲームは嫁と姑の間柄のように古川柳の定番でもある。

小やろうを壱疋などゝむごくいひ

何処にでも威張りたい奴、自分を立派に見せようと粋がっている人はいる。しかし他人をだしにしてはいけない。いかに士農工商制度の時代とはいえ、読むほうは愉快ではない。男一匹などと伊達に使うことがあるが、ここでは蔑みの響きがある。小野郎とは幼い下僕のことである。

さや斗さしてぐる〳〵しばられる

いつの時代にも酒癖の悪い人はいたようである。悪酔いして刀を抜いてひと暴れした後で、縛られて落ち着かせたのである。本人も気がついてびっくりしているかもしれない。この手の人はあとで聞くと覚えていないなどという。酒に寛大な国であることは知っている。江戸の昔から、いや、神代の昔から酒は人を変える。それを知りながら本人も飲み、周りも勧める。法律で規制するわけにはいかないだろうから、ここは本人の自覚を待つしかない。嫌煙権は主張できても酔っ払い追放とまではいかないようである。

安名に八九百余歳ィの大としま

阿部保名に関する伝説がある。信田の森の狐が女に化けて保名と契って子をなす。のちに正体が知れて五歳になった子に「恋しくば尋ね来てみよ和泉なる信田の森のうらみ葛の葉」の歌を残して去ったという、葛の葉伝説である。その狐は千年を経た老狐で、保名とは九百歳以上の歳の差がある。大年増には違いないが、子への思いは可憐である。

庄屋をばきらつて江戸のかけむかい

庄屋はその村の長であるが、それを嫌った跡取り息子が、好きな娘と江戸で夫婦みたいな生活を始めたということである。「かけむかい」は他人を交えず二人で向かい合っていること、と広辞苑は説明している。庄屋を嫌ったのか、田舎生活を嫌ったのか、もしかしたらその両方かもしれない。現代でもありそうな光景である。

あごなしに四百なげ出すけちな事

現在でも「あごあしつき」と言えば食事代と交通費は招待した側の負担を意味し、よく使われる。四百文は最下等の岡場所の値段である。普通膳がついたりしてそれも客の負担になる。それをしないで、四百文を投げ出すとは、なるほどけちな客と言われても仕方がない。

若やくにいごかつしやいとしうとばゝ

若役は若い人のやるべきことというほどの意味であるが、ここでは息子の嫁への小言である。若いのだからもっとしっかり動きなさい、と気合いを入れているのだが、本人は善意であると思っているから困る。嫁対姑の関係は古今東西変わらない。当時は嫁は弱い立場であるが、現在は対等、または逆転している。その関係は改善することがないようである。

初かつほかと僧正ハむがで聞キ

僧正とは辞書を引くと僧官の最上級とあるが、その上に大僧正というのがある。一般的にお寺の僧正さんと言えば、そのお寺の住職を指すことが多い。僧籍の者は生臭いものは禁じられている。だから無我で聞くしかないのである。さすが偉いお坊さんであると、立てている句であるが、背景には山口素堂の「目に青葉山ほととぎす初鰹」の句がある。つまり無粋でもあると言いたいのだろう。

はんれいか寐てから越ッの手代ぬけ

越＝中国春秋戦国時代の列国の一つ。はんれい＝范蠡で、越王の功臣である。しかしここでの越は、越後屋のことである。范蠡はだから、越後屋に忠実な番頭さんということになる。その番頭さんの寝たのを見計らって、手代が夜遊びに抜け出したのである。越後屋の従業員はほとんどが独身であるから、そうしたことは実際にありそうである。

ねぼけたで四百七人程に見へ

播州赤穂浪士が無事討ち入りを果したのは、元禄十五年十二月十四日の寅の刻（午前四時ごろ）である。意気揚々と引き揚げる浪士たちの数を間違えたとしても不思議ではない。前日の十三日は煤掃きの日である。いつもより労働が厳しかったのでぐっすりと寝込んでいたのだ。それにしても四百七人とは中途半端で不思議な数である。これも寝ぼけていたことのせいにすれば、この句が余計面白くなる。吉良邸か上杉家の付人たちである。

友たちを女房ハつらておとす也

亭主の悪友連が吉原へでも誘いにきたのだろう。妻はまたかと思いながらも、気持ち良く亭主を送りださなければならない。言葉は平静を装っていても、顔は正直である。つい脅しているような顔になってしまうのは仕方がない。それにしても古川柳に登場する亭主どもは遊び好きである。それだけ普段は一所懸命働いているのだと思う。お金だってかかるというのに。

若旦那ひたいに笠を張ッたやう

携帯用の電子辞書を買い替えた。量販店で一番安いのにしたのだが、今度のは写真や絵も出る。文字だけの説明より分かりやすいことがある。この句、本多髷のことであろう。当時流行の髷である。本多髷をその辞書で引いてみた。月代が広く、髷の部分が小さく見える。粋がっている若旦那がさっそくやってみたのである。似合っていたかどうかは、句からは分からないが、からかい調であるから、粋には見えなかったようである。

せっかくだから辞書の説明も加えてみる。「始め本多忠勝家中から流行した青年男子の髪型、文金風より出て、髷の七分を前、三分を後ろに分け、髻（もとどり）を細く高く巻いたもの。江戸中期、明和、安永頃再び流行。金魚本多・兄様本多・団七本多・疫病本多・大坂本多などの種類を生じて、通を競った。ほんだわげ。以下略。」

ぶつかえりそうにつきやハかしこまり

搗き屋＝米搗き屋であるが、きちんと店を構えたものではなく、巡回しながらその家の求めに応じて米を搗く人である。信州など地方出身の者が多く、無骨だが純情でもある。米を搗き終えて支払いの段階であろうか、あるいは食事など出されたあとだろうか。あまり畏まってしまって、ひっくり返ってしまったのである。可笑しい反面、米搗き屋の人柄まで感じられる。作者も好ましく思いながら見ていたのだろう。

さしかねをこつさには入レ遣ふなり

この句を分かりやすく書き直せば「差し金を骨挫に歯入れ遣ふなり」となろうか。「こつさ」は「こっさ」と「骨挫」の解釈がある。「こっさ」は少量、些細など。「こつざ」と読めば「骨挫」は背中などを掻く道具。現代の孫の手のようなものである。「歯入れ」は下駄の歯入れ職人のことだという。その上で解釈すれば、大工さんにとっては尺金は大事な商売道具であるから、普段から大事に扱っている。背中を掻くなどとんでもないことである。ところが下駄の歯入れ職人は背中を掻くのに使っている。歯入れ職人への蔑みの意味合いがある。「こっさ」とすれば、尺金を小さく使うだろうというのである。下駄もその歯も小さいからである。どちらを採るかは、下駄を預けておくことにする。

朝かへりしうとめごせの目がひかる

「ごぜ」は「御前」であろう。朝帰りをしたのは婿殿である。言葉には出さないが、その批判的な目は言葉よりもきついことがあろう。小言は娘の守備範囲と心得ているようであるが、二人の厳しい目にも、婿殿の朝帰りは減ることがないような気がする。

下女腰をいたゞくやうにもんで居る

「いただくやうに」とは丁寧に揉んでいるということであろう。相手は主人だから丁寧に揉むのは当然だけれど、ここでは何かを期待して丁寧になっているのである。何を期待しているかは憶測の範囲であるが、小遣いをねだりたいのか、休みが欲しいのか。あるいはお手つきを警戒しているのだろうか。女心の期待にはこれ以上深く考えないほうがいいかもしれない。

ばん頭ハ女のぬけ荷斗かい

「抜け荷」とはいわば密貿易である。禁を犯しているという意味ではないだろうか。つまり吉原以外の岡場所ということだが、そんな所はいくらでもある。船荷としゃれて深川辺りで遊んでいるということかもしれない。ここならお得意さんに見つかることもなく、おおっぴらに遊ぶことも出来る。番頭さんも結構気を遣う立場である。

かくれんぼかべのしゞみを掘って居る

子どものかくれんぼである。荒壁の見えるようなところへ隠れたのだが、鬼がなかなか見つけてくれないので、壁の土に混ざっていた蜆の殻を見つけたのだ。それをほじくりながら、見つけられるのを待っているというところだろうか。子どもは好奇心旺盛だから、いろいろのものを見つける。分かりやすく、子どもの動きを活写した佳句である。

大和茶でねがひある身の長ばなし

「願いある身」となるとどうしても敵討ちを連想するが、それは茶屋で長話をすることだろうか。もっと身近なものに置き換えて考えてみたい。たとえば好きな女性がいるとかだが、これも素直に納得できない。あるいは家族の病気快癒祈願だろうか。それより、そのことにかこつけて相手の女性（茶屋の）と長く話をしたい、口実にしているとも考えられる。「大和茶」は大和茶店のことである。

おらが大屋ハ小人ンとしゆ者ハいひ

「小人」はけちな人、狭量な人をいう。「しゆ者」は儒者のことだが、ここでは寺子屋の先生か、長屋住まいの浪人あたりではなかろうか。店賃の催促をされたあとで、独り言のようにつぶやいている様子が目に浮かぶ。この場合、養い難しはどちらだか分からなくなる。

杖のたび下女おつついて子をあやし

「杖のたび」とは、駕籠かきが息抜きのために歩を止めて休むことである。乗っているのは幼児であろう。止まる度に乗っている子どもをあやすということだが、子どもだからぐずって駕籠を止めさせたとも考えられる。乗っているのが子どもだけなら、そう頻繁に駕籠を止めることもないだろうからである。

赤合羽ぬれるよりはとむりに着せ

「赤合羽」は渋柿を塗った紙製の合羽である。下級武士や中間などが用いる。突然の雨で、恥ずかしいからと着ていくのを渋っている女性に、濡れるよりはましだろうからと、無理に着せようとしているのである。近頃はビニール傘がおお流行りだが、だからといって差している人を貧乏だと思う人は居ないだろう。誰もが外見をあまり気にしなくなったからである。

さがり取御用爰だとつれて来る

「さがり取」は売り掛け金取りのこと。「御用」は御用聞きの小僧さんである。吉原あたりからの遊興費の支払いであろうか。酒屋の小僧さんならいつも配達に歩いているから、何処に誰が住んでいるかよく知っている。だから訊いたのだろう。幾ばくかの駄賃にありつけることもあるから、小僧さんも親切になるだろう。それが人情を育てている要因にもなっていると思う。古き良き時代である。

蓮池をぐるふり廻る安いきやく

蓮池は上野不忍池である。この近辺には出合茶屋が何軒もある。デートのあとでここへ寄るのは予定のコースだが、逡巡しているのは、初めてなのか金がないのかどちらかである。川柳子は後者と見ている。お茶代だけで帰ったとすれば、店の人もそう思うかもしれない。

へどをふみ〳〵弁慶ハいのるなり

謡曲『船弁慶』は、義経一行が大物（兵庫県尼ヶ崎）から船に乗ると、平知盛の怨霊によって海が荒れる。その怨霊を鎮めようと弁慶が祈りを捧げる。嵐で船は大揺れに揺れるので、船酔いで反吐を吐く人もいる。そんな中で弁慶は祈り続けたというのである。

御産婦を証人にするほとゝぎす

時鳥は夏の到来を告げる鳥として知られている。ことにその初音を聴いたとなれば自慢のタネである。だからつい吹聴したくなる。その話をするとまだ早い空耳だろうと疑われることもある。そこで産婦を証人に立てるのだ。産婦は居眠りなどしないから、信用されるのだ。江戸っ子は変なところに見栄を張ったものである。

いたふりであろふと妾逢ひに出る

いたぶりとは、物をむさぼり取る、ねだるというほどの意味である。自称お妾さんの兄というひとが来て、また何かせびろうとしているのだろうと言いながら出かけたというのである。今風に言えば、恋人とかひもなどといわれる類の人である。それと分かっていても出かけるのだから、やはり会いたいという気持ちもあるのだろう。

此しぎでござると巨燵ものをいひ

炬燵から首だけ出して、借金取りに言い訳をしている図ではなかろうか。「風邪を引いてごらんのとおりだから…」などと。大晦日の景である。炬燵がものを言っているという表現が面白い。「しぎ」は「仕儀」で、こんな成り行きだからというのである。

おめへさんお聞なんしと祭前

江戸っ子は祭りには見栄を張る。祭の衣裳から寄付の額まで、みっともないことはしたくない。散財だけどこれも付き合いである。財布を預かる女房としては亭主を諌めざるを得ない。「なんし」は廓言葉だから、女房は吉原の遊女上がりではと想像する。そうすると亭主も親分格の男であろう。となれば余計出費が嵩み、女房としては黙っていられないことになる。

ずんごうのすゞきやんとはんれい八呼ヒ

ずんこうは松江で、中国の地名。この松江に産する鱸は大きくて有名だという。范蠡（はんれい）は中国春秋時代の楚の人。越王勾践に仕えて太夫となり、深謀じつに二十年、ついに呉を倒し会稽山の恥を雪いだ。これより兵を北に出し、また齊晋に臨んで中国に号令し、越王をして覇たらしめたが、思うに勾践は患難を共にして安楽を共にし難き人として、去って五湖隠棲したと言われるが、じつはそれより齊に入って相となり、また陶に移ったと伝えられる（『川柳大辞典』より抄出)。勾践に仕えていたころ、越王勾践が呉王と戦って敗れた折に、范蠡が魚売りになってその魚の腹に手紙を隠して届けたという話に基いた句である。魚売りの掛け声に合わせた句である。

ほれたやつ間かなすきかなおとつれる

分かりやすくすれば「惚れた奴間がな隙がな訪れる」とでもなろうか。これ以上の説明は要らないが、本人は意外と気付いていない。だから句として成立しているのである。

らく天ハくがぢを来るとはりま切

謡曲『白楽天』は、白楽天が日本の知恵はどのくらいか計ろうとして来ると、住吉明神が漁翁の姿で言い負かし、遂に楽天を神風で吹き戻す(広辞苑)。これは海路を来たから神風にあったのだが、楽天が仮に陸路(くがじ)を来たとしても、住吉神社のある攝津の手前の播磨までしか来られないだろう、という意味の句である。また言い負かされるから…。

仲町にの丶字を入レて三年セ住

仲町は深川にある岡場所。これにのの字を入れれば仲之町になる。中之町は吉原の目抜き通りである。当時原則として吉原以外の岡場所は認められていなかった。そうした私娼窟には時折警動という手入れがある。そのとき捕えられた遊女たちは、三年間吉原で働かされることになる。そのことを詠んだものであるが、狂句仕立ての面白さを狙ったものである。

座頭金たいこをくれるすまぬ事

座頭金は高利のお金である。座頭金を借りたのは、吉原あたりで遊びすぎて勘当された若旦那ではなかろうか。勘当されれば当然手元不如意になる。それでも遊び癖は直らず、済まないと思いながらも太鼓持ちに見栄を張っているのである。これも江戸っ子気質であろうか？

美しい後家方丈のしつに入

方丈は本来四畳半ほどの部屋のことであるが、お寺の住職の部屋を指すこともある。一般にはその部屋の主である住職をいう。美しい後家さんが住職の部屋に入ったということになれば、興味の湧くところながら、その先は想像に任せるしかない。それよりもこの句は謡曲『東北』の文句取りである。すなわち「こゝそ花の台に和泉式部が臥所よとて、方丈の室に入ると見えし夢はさめけり…」である。

風呂しきをとくと深川早かわり

深川は遊所である。ここには呼び出しという遊女がいる。遊女を子供と呼ぶこともある。その子供を抱えているのが子供屋である。呼び出しと言われる遊女はここに抱えられている。茶屋へ呼ばれると普段着で出かけてきてここで座敷衣裳に着替えるのである。風呂敷から衣裳を出して着替える様がまるで芝居の早変わりのようにすばやいと驚いているところである。

はやり風元ト舩を出る薬箱

元船とは小船を従えている大きな船である。大きな船でも風邪引きが一人出れば、たちまち船内に広がる。そこで停泊港で医者を呼んだということである。

もう一つの解釈として、小船のほうに風邪引きが出て、親船に常備されている薬を届けるために出たとの解釈もある。どちらにしても面白みの伝わらない句である。

御ひろうにしよしや山ンはねがおれるせ

書写山は姫路市にある天台宗円教寺の山号。九六六年に性空の開山による。『東都歳時記』によれば、一月六日頃に「江戸ならびに遠国の寺社僧徒・社人・山伏御礼登城」とある。『江戸年中行事』にも同様な記述がある。そのとき奏者が出身寺を披露するのに、書写山はさぞ言いにくかろうというのである。当時の早口言葉にも書写山を入れたものがあったという。

たのむ木の元トよりおとるかりた傘

「頼む木の元」には「頼む木の元に雨漏る」という成語がある。これは「折角頼りにしていたのにその甲斐のないことにいう」（広辞苑）というほどの意味になる。借りて来た傘がぼろぼろであるというのであるが、いい傘を貸すといつ返ってくるか分からないので、こんな仕儀となるのである。もしかしたら「沙汰の限り」の人だったのかもしれない。これは『平家物語』の「か様に法皇の捨てさせましかば、たのむ木のもとに雨のたまらぬ心地をぞせられける」の文句取りの面白さを意識した句である。

又と無イはづ壹疋の官女なり

この句は鳥羽院に寵愛された玉藻の前の話である。玉藻の前とは、鳥羽院の時、仙洞に現れた金毛九尾の狐の化身とする美女。院の寵を得たが、御不例（貴人が病むこと）の際、陰陽師の安倍氏に看破られ、下野の那須原の殺生石と化したという。謡曲「殺生石」をはじめ浄瑠璃・歌舞伎・小説などの題材となる（広辞苑）。またとない妖艶な美女も狐であってみれば、一匹と数えざるを得ないというのである。こんな官女はまたとないはずでもある。

よし原へうでよりかたで早く行

吉原へ行くには陸路と水路があるが、行き方にいろいろある。渡辺信一郎の文章を借りる。「吉原へ行くためには日本堤に出なければならないが、そこに至る道すじはだいたい四つある。浅草観音の横の馬道から日本堤へ、浅草観音の裏の中田圃を通って堤の中ほどへ、上野方面から大音寺前を抜けて三輪側から堤へ、そして舟で隅田川をのぼって山谷堀に入り、舟を降りてすぐ堤へ、とである」。水路は猪牙舟で腕で櫓を漕いで行く。陸路では駕籠になるから当然駕籠かきの肩を頼らざるを得なくなる。

紙くずのたまりはじめ八宝舩

正月二日の夜は宝船の絵を描いた紙を枕の下に敷いて寝る習慣があった。いい初夢を見るためのおまじないみたいなものである。いい夢が見られても見られなくても、この紙はあくる日は紙屑籠に捨てられる運命である。確かに溜まりはじめではある。私の場合は初夢宝くじの外れ券がごみのたまりはじめとなる。

深川へ行ッて来る程長湯なり

深川の遊所は手軽で短時間で遊べる場所なので、お店の手代あたりが気軽に行けるところである。「ちょっと湯へ行ってくる」などと言ってでかけたのであろう。聞いたほうももしかしたらそれを承知していたのかもしれない。いや、この句はただ長湯をしてきたことを言っているだけではあるが…。読み手はそう素直ではない。

今以行かもとろか角田川

隅田川を上って日本堤近くまで来たというのに、いまだに決心が付かないでいるふうに取れる。どこかのむこ殿か、はじめてのひとであろう。「ゆこかもどろか」は歌の一節にありそうな言葉でもある。

大門だ泣クとしばるとぜげんいひ

ぜげんは女衒とも書き、女性を遊女として売ることを生業としている人である。地方の貧しい農家から少女とおぼしき、若いというより、幼い子どもを吉原大門まで連れてきて、その少女にこれからの心得を説いて聞かせている図である。中に入ってから泣かれたり、ぐずぐずされては困るからである。

出るそうでわつわと泣くと御用いひ

夫婦喧嘩の最後の決まり手は女房の「実家へ帰らせてもらいます」である。そこしか行くところがないのだけれど、亭主のほうも妻の実家と面倒になっては困るのである。そこで喧嘩はジ・エンドか二人ともだんまりになるのか、そんな事情に詳しい酒屋の御用聞きである。そんな話をしながらお酒の一本も注文が取れればありがたいことである。

金ン気でもござればかすとむごくする

「金ン気」とは金目のものというほどの意味であろう。つまり、担保になるようなものがあれば、貸してやるよとむごく断わられたのである。もしかしたら最初から貸す気などなかったのかもしれない。

門すゞみ下女わりい事しなさんな

門涼み＝夕涼みである。下女の浴衣姿が粋に見えたのか、男がちょっかいを出そうとしたらたしなめられたのだ。下女の言葉は本心とは限らないし、相手もそれで諦めるような手合いではない。

相も変わらぬ男と女の駆け引きは、思わぬ結果を生むこともある。だからおもしろいし、興味もそそられるのである。

囲ふのをにくゑんの兄いけんする

にくゑん＝肉縁である。肉縁は仏語であるからお坊さんである。弟のお坊さんがおめかけさんを囲おうとしたら、実兄のお坊さんに意見されたのである。妾を囲うなど戒律に反するが、当時はごく当たり前のように、あったようである。仏語仕立ての面白さを狙った句である。

うたがいの深さ手引にくしをみせ

手引きは瞽女の手を引く目の見える少女である。瞽女は前にも出てきたが、盲目の門付けである。小間物屋が瞽女に上等の櫛を売ろうと勧めているのだが、なかなか信用してもらえないので、目の見える手引きに証人になってもらおうというのである。おしゃれ心は女性であることの証のようなものである。瞽女の慎重になる気持ちもわかる。

ひめぢ迄たき火のうつるお目出たさ

正月三日には江戸城で御謡初が行なわれる。『江戸年中行事』には「…此日観世太夫、諸大名かたぎぬを下され候由こうれい也、其夜は大手下馬、乗物下馬、篝火たく」とある。大手門前には播磨姫路藩酒井雅楽頭忠顕十五万石の屋敷がある。そこまで篝火の炎の影が映って見えたのだ。姫路のそんな遠くまでという意味合いも含まれている。

いけもりの酢の無イをくふ内気もの

いけもりは生盛りで、人参や大根に魚とか揚げ豆腐などを細かく刻み合わせて、お酢で味わう食べ物である。ところがこの場合、調味料のお酢が用意されていなかったのである。それを請求できずに食べるほど内気な人だったのである。醤油やわさびなしで刺身を食うとか、マヨネーズなしのサラダを食べるようなものである。

笠合羽かんやう宮をかつぎ出し

咸陽宮は秦の始皇帝の宮殿である。始皇帝は中国史上最初の統一国家を築き、自らを皇帝と称した（広辞苑）。その宮殿は「都のまはり一万八千三百里、内裏は地より三里高く、雲を凌ぎあげて、鉄の築地方四十里、又は高さも百余丈」（川柳大辞典）と言われても、私の頭の中には納まりきれない広さである。そんな始皇帝は幾つもの逸話を残し、日本でも謡曲になったりしている。

その中で『老松』は、一本の松が雨宿りをさせてくれた。その松にもその恩に報いるために、太夫の位を授けたという。その雨宿りの際に、咸陽宮に笠や合羽を取りにやらせただろうというのである。

おとり子ハわれ一チぞんで二度おろし

踊り子は芸子の別名であるが、ときには春をひさぐこともある。そうなると子を孕むこともある。普通は監督役の母親などに相談するのだが、これはそれができない場合である。たとえば相手が身分の高い武家であれば、母親のほうに打算が働く。男の子でも産めば後継ぎの可能性もあるからである。そうなれば母親は左扇子の生活ができる。同時に相手の武家にも面倒が及ぶ。そこで相談もなく堕胎したのである。あるいは踊り子の思い人とも考えられる。二度とあるから、その他にも何回かあったことが想像される。

けし炭をつかまつしやいとしうといひ

消し炭は普通火箸か火鋏を使って取り出す。若い嫁ならできるだけ手をよごしたくないと思う。それを見ていた姑がいらいらしながら「そんなものは素手で掴むものだ」と小言を言っている図である。嫁と姑は永久のライバルであることは、古川柳の約束ごとでもある。

仁右衛門のすんだあたりに仁王門

仁右衛門を『川柳大辞典』ではこんなふうに説明している。「藤堂家の老臣、同苗仁右衛門高基。高潔の士で、然も議論卓絶、また風流韻事を解していた。詩文に長じて、三十年間の労作『観瀾遺稿』がある」。別の参考書には藤堂家の老医と説明しているものもある。いずれにしても、かなりの人物とお見受けした。藤堂家は伊勢三二万石の大名である。その屋敷がもと上野にあったが、寛永寺造営によって立ち退いた。寛永寺の仁王門あたりに仁右衛門の屋敷もあったのである。仁王門と仁右衛門の言葉の響きが似ている。そんな遊び心も楽しんでいる。

ふしみせのしまいおがんで帰る也

ふしみせは五倍子見世で、五倍子（読みはフシ）はヌルデの若芽・若葉などに生じた瘤状の虫癭。タンニン材として女性が歯を黒く染めることや、薬用・染色用・インク製造などに供した（広辞苑）。お歯黒に染める材料である。それを売る店が浅草観音堂の門内にもあった。そこの売り子は見世が終わって帰るときに、観音様を拝んで帰るのが習慣になっていた。

日暮れにはお堂の門も閉まるので、それに合わせて五倍子見世も店を閉めなければならない。素朴な信仰心というより、感謝の気持ちが自然に出たものであろう。祈りのかたちはその人の謙虚さの現われでもある。

弁けいハ書置迄のいらひとさ

弁慶の立ち往生は、衣川の合戦の際、弁慶が七つ道具を背負い大長刀を杖について、橋の中央に立ったまま死んだときのことである。いら酷さはいらいらするほど酷いということ。書置きは、衣川の合戦で義経は自害するのだが、その折の辞世のことであろう。それを詠むまでの弁慶の防戦の様子である。立ち往生とのちに言われるほどだから、「いら酷さ」も納得である。

うわばみの時にはい公ぬいたまゝ

沛公は漢の高祖、劉邦である。うわばみは大蛇である。『史記』や『十八史略』に出ている故事に、大蛇が道に横たわっていたので、それを劉邦が退治したというのがある。それ以来彼に従うものが増え、漢の国をまとめるにまで至るのである。だからそれ以後は抜いた剣を収める暇もなく、闘い続けただろうというのである。

やせこけたしがいが有ルとわらび取り

これも『史記』と『十八史略』の中にあるお話。中国の古代王朝の一つに周がある。周の武王が殷を滅ぼそうとしたときに、伯夷・叔斉の兄弟がそれを諫めたが聞き入れられなかったので、その粟（ぞく。穀物の意味で、日本でいう扶持米のようなもの）を食らわず、として首陽山に隠れる。山では蕨などを食していたので餓死してしまう。それを村の蕨取りが来て発見するのだが、蕨ばかり食べていたから痩せこけた死骸だっただろうという、想像の句である。

茶斗だまつとねよふと新世帯

古川柳に出てくる「新世帯」は、普通の新婚ではない。親の許しを得ないまま所帯を持った新婚夫婦である。吉原あたりの遊女を引かせ、親の反対を押し切って一緒になった二人である。だから世帯道具もなければ、食べるものもない。朝だからといって起きてみても、せいぜいお茶ぐらいしかない。ならばもっと寝ていたほうがいいと、二度寝を選択したのである。

木曽との丶めかけ壹人リハうまぬはつ

木曽殿は木曽義仲。正妻は巴御前だが、側女の一人に山吹がいる。山吹だから子どもは生まなかっただろうというのだ。いまさら引き合いに出す必要もないのだが、「七重八重花は咲けども山吹のみの一つだになきぞかなしき」が下敷きになっている。

御目出たうござると誘ふ角田川

このおめでとうは新年のおめでとうか、新婚さんへ向かってのおめでとうだろうか。新婚さんのほうが句としては面白い。相手も入り婿という設定にしたら、ますます川柳らしくなる。新婚の入り婿さんに吉原行きを誘っている図である。江戸っ子としての、これ以上のお祝いの言葉はあるまい。とは言え、新婚さんを吉原へ誘うことで、ここは男同士の絆を太くすることにもつながるのである。

蔵たてた後家口ひろい事をいふ

夫を亡くした妻が、頑張って商売をさらに発展させたのだ。その結果、蔵を建てるまでになった。周りでは後家の頑張りなどと揶揄するけれども、実績を残せば強気にもなる。「口ひろい」とは口幅ったいというほどの意味である。得意満面とした様子が窺えるが、それも許されそうである。

国ひとつ和同の頃にはねかはへ

日本の最初のお金は和同開珎である。和銅元（七〇八）年に発行されたという。武蔵の国で産出したものだから、江戸っ子としての特別な思いもあろう。それ以来、貨幣は羽が生えたように普及した。同時に羽が生えたように、自家に落ち着かないという意味合いも含まれているものだろう。

かんがへて見てハつめ込ムやなぎこり

柳行李は柳の枝の皮で編んだ旅行用の行李である。大きいものではないし、不要な物を詰め込んでも、重くなるだけである。必要最小限にしようと、考えながら詰め込むのである。一泊二日というものではなく、徒歩で何日も歩くのだからよく考えてやらなければならない。現在の海外旅行なら、先に飛行機で運ばせたりすることもできるが、江戸時代の旅は水盃を交わすという覚悟までしなければならない事もあった。振り分け荷物はなるべく軽くして、旅をたのしいものにしたいものである。

すいめんがやむと六畳敷をもち

「すいめん」は「睡眠」とのこと。眠るのが仕事と言えば、古川柳では花魁づきの新造である。ときには花魁の代わりもするが、まだ子どもであるから、客は手を出せない。花魁が仕事中は待つだけであるから、どうしても眠くなる。それを卒業するには部屋持ちにならなければならない。そうなれば客も取れるので、眠ってなどいられない。この新造はやっと部屋持ちになれたようである。

こふく屋へ来てねぎるのハこしをかけ

普通、呉服屋で買い物をしようとすれば、奥へ通されて反物の吟味をしながら商談が進む。懐のさびしい人は奥へ通されると引っ込みがつかなくなって、どうしても買う羽目になる。その段になって、お金が足りないのではえらい恥をかくことになる。懐と相談して値切らなければならないから、希望の金額にならなければすぐ逃げ出せるように、上に上がらず腰を掛けたままでの商談となるのである。

居風呂を出てから何ンの日だときゝ

据え風呂とは桶の下部に竈を据え付けた風呂。五右衛門風呂などをいう。ここでは一般の家風呂のことである。一般家庭では水の事情が良くなかったりして、毎日風呂を沸かすということではなかった。だから何か事情があるとお風呂を焚くのである。だから何の日ときいてみたのだろう。さっぱりした気分になってさてと考えてみたのである。

そらつことありがたそうにむす子よみ

空ごととは、作りごと。吉原あたりの遊女からの手紙であろう。会いたい、待ち遠しいなどと、空ごとを並べたてている手紙をありがたそうに読んでいるのだ。息子は道楽息子のことで、これも古川柳の定番。家では軽く見られていても、俺を待っているのがいると思えば、お金を工面してでも出かけたくなるではないか。

いけぶといやつと又行く後三年

後だから前があるはず。前九年は前にも出てきた。おさらいすると、源頼義・義家父子が奥羽地方の豪族安倍頼時とその子貞任・宗任らを討伐した戦役。平定した一〇六二年（康平五）まで、実際は十二年にわたって断続。後三年の役と共に源氏が東国に勢力を築く契機となる（広辞苑）。ついでに後三年も確認してみる。奥羽の清原家衡・武衡と一族の真衡らとの間の戦乱。前九年の役に続いて一〇八三年（永保三）より八七年（寛治一）の間に起こり、陸奥守源義家が家衡らを金沢柵（かねざわのき）に攻めて平定。これも『広辞苑』のお世話になった。句意は懲りずによくやったものだと感心しているのだが、知識の豊かさを披瀝しているようにも見える。

にわか雨御慶をのべてうらみられ

古川柳にはにわか雨の句がよくある。天気予報などない時代である。途中で雨に遭うことはよくあっただろうことは、簡単に想像される。雨宿りした家が正月の挨拶もしなかった家のようだった。たまたまそんな場面にあったので、挨拶をしたのだが、余計に反感を買ってしまったのだろう。いやみの一つも言われたに違いない。

備前ものさけて大藤内はにげ

大藤内は備前吉備津弥彦神社の神官であるが、曾我兄弟が夜討ちの際には工藤祐経と同宿していた。しかも遊女亀菊と同衾していた。備前物と言えば、古備前・一文字・長船・畑田などの名刀で知られるお国柄である。大藤内のそれも、さぞやと思わせるものをぶら下げて、逃げ回ったことだろうというのである。

鳥ハものかわとやめないまけたやつ

鳥は鶏。朝告げ鳥とも言われるほど早起きで、早いうちから鳴き声をあげている。夜通し博打をやって、負けが込んできたにも関わらず、まだまだと勝負にこだわっている様子である。負けが込むと余計に意地になってしまうのが、この手の輩である。

同時に新古今和歌集の中の歌の文句取りでもあるようだ。その辺は『略註　誹風柳多留一一篇』の文章を借りる。「平家物語巻五に、侍従という女が『待つ宵のふけゆく鐘の声きけば帰るあしたの鳥はものかは』と詠んだのに対し、蔵人が『物かはと君が言ひけむ鳥の音の今朝しもなどか悲しかるらむ』と応じたことから、待宵の小侍従、ものかはの蔵人というあだ名がついたという挿話にかけた句」。引用歌については原歌と若干違うので、正確と思われるあたりを添えておきたい。

待つ宵にふけゆく鐘のこゑきけばあかぬ別れの鳥は物かは

仕合な聟しやうかんでばったばた

しやうかんは傷寒で、現在のインフルエンザか腸チフスのような病気である。当時は死病の一種でもある。婿入りした先の舅姑がこれに罹って死んだということだろう。となればむこ殿の天下になる、と川柳子は相変わらず穿った見方をしているが、それでも養家の身代を増やすという役目から逃れるということではない。

まちやれよのめるりくつか出来るによ

句意としては、待ちなさい、呑める理由が出来るかもしれない、というほどの意味だと思うのだが、さて誰が言っているか知りたいところである。ものの本によれば、分配座頭か松右衛門あたりだろうかと推測している。分配座頭、松右衛門とはなにものだろうか。これも『川柳大辞典』の説明を借りる。

分配座頭とは「紬乞座頭の事で、座頭金という高利貸しの歩合、祝儀不祝儀の家を廻ってねだった金を集めて、検校の指図で仲間へ分配する役であった」。

松右衛門とは「江戸非人頭の通称。新橋以南品川までを持ち場として、祝儀不祝儀の事ある家へ、例の鼻捩りを持って押し掛け、金品をゆすり、または酒をねだって飲むのが商売というべき賎民」。彼らの言葉だとすれば頷ける。

髪おきとはかま着を置キ川津死ニ

川津は河津祐泰。曽我兄弟の父親である。工藤祐経の部下八幡三郎らに伊豆赤沢山で殺される。『曽我物語』の発端である。このとき、兄十郎祐成は五歳。弟五郎時致は三歳であった。髪置きは男子三歳のお祝いであり、袴着は五歳のお祝いである。

初かつほ辻番いらぬのぞきごと

江戸っ子は初物好きである。とりわけ初鰹にはこだわりがある。とは言え高価でもある。辻番ごときが買える値段ではない。覗いても無駄だよといっているのだが、だから覗いてみたくなるのである。

勾とうのないしよろいを引ッかくし

勾当内侍は『太平記』にみえる美女。後醍醐天皇に仕えて勾当内侍となり、のち新田義貞の妻となる。義貞の戦没を聞いて琵琶湖に投身したとも、剃髪して後世を弔ったとも伝える（広辞苑）。義貞が戦に行こうとしたら鎧を隠したというのだが、戦死を予感したのかもしれない。

材木屋ついてあるいて空を見せ

材木は縦に長い。お客を案内するにも空を見上げるようにする。立てかけてある材木の先には青い空が見える。まるで空を自慢しているようではないか。こうした何気ない写生に古川柳の面白さを感じさせる。

妻よばりおきやれとけなす松洞寺

松灯寺は下谷竜泉寺町にあった。紅葉の名所として知られている。古川柳に出て来る時は、近くにある吉原とセットになっていることが多い。この句もそれを匂わせている。この景色を女房にも見せたいものだといえば「おきゃあがれ」と仲間に言われても仕方がない。紅葉見物は言い訳でどうせこの後は吉原へ繰り込むのが目的であるからだ。

朝ッぱらしかるをきけば松とうし

前の句の続きで、一夜明けての場面である。紅葉見物から吉原へ流れの朝帰りである。朝っぱらから叱られているのは、女房に小言を言われている亭主か。朝帰りの息子を叱っている父親か。ここは後者であろう。叱るのは父親の役目である。しかし父親にも同じような経験があるから、小言も形どおりで終わってしまいそうである。

しなれるとたいこ二日にあげずに来

たいこは太鼓持ち。遊客の機嫌をとったり、酒の相手をしたりする男である。幇間ともいう。上司に諂う部下などを蔑んでいうこともある。あいつは部長の太鼓持ちだなどという言い方である。日頃贔屓にしてくれた旦那が死んだので、お線香を上げるのを口実にしてやってくるが、本音は息子を次のお客として誘いたいということであろう。

天ぢくの唐のと玉藻なれたもの

玉藻は玉藻の前。鳥羽院の時、仙洞に現れた金毛九尾の狐の化身とされる美女。院の寵愛を得たが、御不例の際、陰陽師の安倍氏に見破られ、下野の那須野の殺生石と化したという。謡曲『殺生石』をはじめ浄瑠璃・歌舞伎・小説などの題材となる（広辞苑）。天竺、唐はおろか、人を騙すのはお手のものである。唐は今の中国、天竺はインドである。唐、天竺は当時の日本人の感覚としては、外国という程度の意味合いであろう。

朝かへりつねの身なればいひやせぬ

亭主の朝帰りであろうか。息子のそれであろうか。ここは朝帰りの亭主への不満であろう。妻は身重の身である。言われても仕方のないことながら、亭主としては、だから…、という言い訳もあるかもしれない。

ちつとおやすみと格子へ台のもの

吉原の遊女にはいろいろ階級？があったようで、その呼称も時代と共に変わっているため、変な知ったかぶりも危険であるが、太夫、格子、散茶などがあったようである。とりあえず格子は中間より少し上の遊女ではなかっただろうか。台の物とは外から取り寄せた料理の膳である。吉原では喜の字屋のものが知られている。これは忙しそうにしている、格子女郎への差し入れと思われるが、誰からかといえば常連のお客からとするのが妥当であろう。

しよく好ミするハやう家のむすめなり

唐の玄宗皇帝の后楊貴妃は、茘枝（れいし　むくろじ科の果物）を好むなど、食の贅沢を尽くしたという。それに掛けて、浅草の楊枝店の看板娘が男を選り取り見取りに選んだというのである。

ばいしよくを一わり入レて札がおち

ばいしょくは売色である。当時の役人への賄賂には抱かせる、握らせるなどがあったが、抱かせるの口である。その結果、入札の札が落ちたのである。吉原あたりへの遊興費の分を一割ほど水増しした予算だったに違いない。

炭をつげやいといけんがさへかえり

朝帰りの息子に炭を注がせて、それを待っている父親である。炭を注がせたのは寒い冬の朝だからである。寒くもあり、それを待たされるのだから、意見も長くなりそうだし、炭を注ぎあたたかくなったのだから、意見は冴えてくるが、息子への効き目のほうはどうだろうか。

鳴リ所コでいんせいの出る鈴の音

雅楽の演奏での鈴の音が一際高くなる。これを淫声と捉えたのだろうか。川柳子はまともな見方をしない。だから面白い句になるのである。

三百里もちをふらせる始皇帝

秦の始皇帝の居城咸陽宮の落成の際の様子である。咸陽宮について『川柳大辞典』では「秦の始皇帝の宮殿。先王秦公の建造する処で、謡曲『咸陽宮』に『都のまわり一万八千三百里、内裏は地より三里高く、雲を凌ぎあげて、鉄の築地方四十里、又は高さも百余丈。雲路を渡る雁がねも、雁門なくえは過ぎがたし、内に三十六宮あり、真珠のいさご、瑠璃のいさご、黄金のいさごを地に敷き、長年不老日月をまでいらかを並べておびただし』とある。」なるほど三百里四方へ餅を撒くというのも頷ける。白髪三千丈のお国柄ではある。いさごとは砂のことである。

すさまじく呉をとりさばく越ッの店

「呉」と「越」と来れば、呉越同舟の言葉を思い浮かべると思う。中国の春秋時代の国名で、仲の悪い代表のようなものである。この句はそう思わせておいて、じつはそうではないよといって喜んでいる作者がいる。

実際は狂句仕立てで笑わせようという仕掛けである。呉は呉服、越は越後屋である。越後屋の繁盛振りを少し大袈裟に表現したものである。

せんそくに娵身がまへのむつかしさ

足を洗う嫁の姿勢の取り方の難しさを、川柳らしく表現したものである。若い嫁が裾の乱れを気にしながら、足を洗っているのだ。当時は、若い女性が素足を見せるのはお行儀のいいことではなかった。出来るだけ素足を見せないようにするため、どうしても無理な姿勢にならざるを得ないのである。

御てんいしや鈴を鳴らして笑ハせる

お鈴口というのがある。将軍家の大奥と表の境あたりに大きな鈴があり、将軍のお成りや御殿医などはこの鈴を鳴らしてから奥へ入る。通い慣れた御殿医が冗談めいて鳴らして、奥の女中たちを笑わせたというのである。

その夜ふるやうにこふく屋たゝみがへ

呉服屋は畳の上での商売だから、店は畳敷きになっている。反物を広げての商売なので、広いスペースが必要である。そうなると畳の数も半端ではない。畳替えで店を休むわけにいかないから、一晩でやらなければならない。その夜の畳替えの慌しさが伝わってくるような句である。「降る」には突然に現れるという意味もあり、万葉集の中の歌の本歌取りでもあるようだ。

やみにあやあつて娘の門トすゝみ

『古今和歌集』に「春の夜の闇はあやなし梅の花色こそ見えぬ香やはかくるる」は梅の香のたおやかさである。この句は若い娘の湯上り後の夕涼みであろうか。ほんのりした香りがあやかにただよう。街灯や門灯の普及した現在にこの風情は望むべくもない。

おしろいが泣とへけるとぜげんいひ

同じ十一篇に「大門だ泣くとしばるとぜげんいひ」がある。これと似た状況である。女衒に連れて来られた身売り娘に対して、女衒の小言である。せっかくの化粧が台なしではないかということよりも、商品価値の下ることを恐れての、現実的かつ非情の言葉である。へげるは、剥げると漢字を充てるとわかりやすい。

みりくといわせてかぶろつるさがり

禿が自分の仕えている花魁の客が、どうも別の遊女とも馴染んでいるようだと知って、大門あたりで待ち伏せをしている。そこへ件の客が来て、別の方向へ行こうとしているのを捕まえたのだ。客の袖口を捕らえて、みりみりと音のするほどしっかりと掴んで離そうとしなかったのだ。客も驚いただろうが、禿の姿も痛々しい。

よし原て武道勝利を得ざる事

吉原では武士も町人も扱いは同じである。厳然と士農工商制度の中で、唯一そうした身分制度の通じない場所が吉原であるといっていい。ここで武士の優位を言うのは、野暮の骨頂である。この句は浅黄裏を笑ったものであろう。

今川了俊が弟仲秋に与えた『今川状』というものがある。いわゆる往来物である。往来物とは、当時の手習い所の教科書のようなものである。このなかに「文道の知らずして武道に勝利を得ざる事」と、文武両道を説いた部分がある。これの文句取り仕立てである。

古近江で岡崎をひく御ひめさま

古近江を辞書で引くと「三味線製造者の家系である石村近江の四世以前の作の称。古作の名器として珍重」（広辞苑）とある。三味線の名器で知られている。一方、岡崎は江戸初期の流行歌で、『岡崎女郎衆』と言われるものである。三味線の練習曲である。現代では『猫踏んじゃった』である。古近江のような名器で、お姫様が戯れに引くようなものではない、とたしなめ口調である。

朝帰り女房に質をせたげられ

女房が朝帰りの亭主を罵っている図であるが、罵られても仕方がない。女房の箪笥の物を質へ入れての吉原遊びである。せたげられとは、古語辞典にはせたむが、責むで出ていて、これには、いじめるというほどの意味になっている。これと同じような意味の言葉である。つまり早く質屋から出して欲しい、という願望から発せられた小言ではなかろうか。

屏風から産婦の覗くじやすい也

妊娠している妻の産み月が近くなると、妻の実家から手伝いの者が来る。このお手伝いが、妻の母親や叔母であれば問題ないのだが、妹だったりすると妻の邪推が肥大する。産み月が近くなると、産婦も感情の起伏が大きくなるのかもしれない。

しち置キに四五あし捨る四ッ手駕

ただ質屋に行くのであれば、四つ手駕籠を使う余裕などないはずである。となれば当然ここは吉原行きである。途中で軍資金の調達が必要だったのである。「四五あし捨る」はちょっと寄り道をして、というほどの意味であろう。それにしてもお気楽なものである。

もてたやつ夜中おいていていをいひ

相手をつねるのは恋の手管であるが、遊所の女性もまた同じ手管を使う。「憎らしい」などと言われて、膝でもつねられれば、持てたと思って鼻の下を伸ばすのが男である。余り痛がるのもうるさいが、嬉しい悲鳴だと思って我慢するしかない。

毛せんでさしきを払う油むし

最初「さしき」は座敷だと思ったのだが、桟敷のようである。となれば芝居小屋である。予約席には毛氈が敷かれてる。そこへ油虫（顔パスなどで無料で入場した輩）が座っていたので追い払ったのである。まさしく油虫を追っ払うようで小気味いい。

墨染へつく駕かきハおぼへあり

墨染はお坊さんである。どこかへ出かけようとしたら、何度か利用したことのある駕籠屋である。また吉原ですか。だったらぜひ乗ってください、と傍から離れない。それにしても、駕籠屋に顔を覚えられるほど遊所に通ったとすれば、かなりの生臭坊主と言わざるを得ない。

ひな棚へもくさを置くハ姉のちえ

もぐさはよもぎの葉を乾かしたもので、お灸を据える材料である。三月三日のひな祭り、せっかくきれいに飾ったお雛様を妹や弟にいたずらされては困るので、いたずらするとお灸を据えるよと、姉の警告である。さてこの程度で妹や弟に通じるか疑問ではある。

死すべきとき死ナざれば日本ばし

近松門左衛門には心中ものといわれるものが幾つかある。相愛の二人がこの世では結ばれることが許されないので、あの世で一緒になろうという内容のものである。心中が美化されすぎて、心中が流行りだす。そこで幕府は心中禁止令を出す。その中で心中に失敗して生き返った場合は、日本橋に三日間晒した上、非人に落すというのである。非人とは士農工商という身分の下、つまり人間として扱われなかった。死のうとして死ねない場合は、日本橋に晒されるよというのである。当時の諺に「死すべき時に死せざれば死にまさる恥あり」がある。その文句取りでもある。

おし鳥ハ夫婦けんかくわの池へ来ず

「おしどり」は鴛鴦である。仲のいい鳥とされている。雌雄一緒にいることが多いので、仲のいい夫婦の代名詞にもなっている。だから夫婦喧嘩をしている家の池には行かないということだが、鴛鴦に限らず、夫婦喧嘩の家にはあまり人も行かないのではなかろうか。

気ほうじに須广寺へ来る中納言

中納言と言えば在原行平を指すのは、古川柳の約束ごとのようなものである。業平の兄だから二枚目であることが想像される。勅勘を受けて須磨へ閉居する。そこでの汐汲み女とのロマンスは伝説化されている。須磨では気散じに、須磨寺にも出かけたこともあっただろうという、想像句である。須磨寺は神戸市須磨区にある福祥寺。福祥寺は真言宗須磨寺派の大本山である。開鏡の開創と伝えられる。付近には源平時代の遺跡が幾つもある。

御朝寐の御つぎ高尾がうわさなり

高尾といえば吉原京町三浦屋の高尾太夫である。高尾太夫といえば仙台の伊達綱宗との仲が有名である。その二人が朝寝をしている次の間では、お付きの者や禿たちが高尾の噂をしているのである。

女郎かいけいせい買いをあざ笑ひ

女郎と傾城は本質的には同じものではあるが、女郎は安直に遊べるが、傾城と言われる花魁などは、格式を重んじるところがある。初回から裏を返して、三度目にやっと馴染みとなる。その上お金もかかる。そこへ行くと岡場所での遊びには、そんな面倒な手続きはいらない。安直に希望が達せられる。その分味気ないとも言えるが、いずれにしても目くそ鼻くそを笑うの類いである。

ぐつとこゞんてぶつかけを娵ハ喰ヒ

ぶっかけとは現在のかけ蕎麦のことである。当時のかけ蕎麦はツユが少なめで、皿のような器であった。食べ方も、器を下において正座で食べたという。けっして上品な食べ物ではないから、食べ方もそれなりの姿勢となる。ましてや忙しい嫁の身であってみれば、落ち着いた食べ方など望むべくもない。

なまわかいなりでと巨燵追イ出され

生若いとは、まだ若年であり、未熟であるということである。いい若い者が炬燵でぬくぬくしていては駄目だと追い出されているのだ。普通「生」の字はいいことに遣われない。生意気、生半可、生返事、生欠伸、生覚えなどなどである。ここでもそんな意味合いである。

ふん切レと他人のいけんおそろしい

一人でくよくよと悩んでいるより、他人の意見を聞いてみると意外な解決策が見つかることがある。ときには第三者的な無責任で大胆なことをいう人もいる。それらを総合した中からいい策を見つけるのは本人である。第三者の恐ろしげな意見も貴重であるということだ。

いらぬ事いますがごとくつくりたて

いらぬこととは、無駄なことというほどの意味合いである。夫を失くした女性が丁寧に化粧したって無駄なことではないか。と言っている一方で、その化粧に興味津津の目を向けている。つまり「いますがごとく」は、いるのではないかという憶測が込められている。もう恋人がいるのではないかということである。余計なお世話ではあるが、関心の的にもなりやすい。

ぢうくふをいふなと下女をせなしかり

ぢうくふは勝手気ままなこと。せなは兄、この句の場合、田舎から出てきた実兄であろう。句意は、実家で何かがあって、帰郷しなければならないのだが、都会生活に馴れた妹が帰りたくないと、駄々をこねている。そのことへの兄の小言である。田舎へ帰れば意に染まない結婚が待っているのかもしれない。

てんやくとてる日の神子ハすりちがい

神子はみこと読む。てんやくは典薬で、朝廷または幕府で医薬をつかさどった者。句意は、医者が診察をして帰るときに、ご祈祷による快癒を願って呼ばれた神子が擦れ違ったということである。最後は神頼みということであるが、「てる日の」とあるから謡曲『葵上』の照日の神子を考えての仕立てである。

間男をするよと女房こわいけん

こわいけんは強意見である。つまりあなたがそんなに吉原通いばかりしていると、私も浮気をしますよと、亭主を脅かしている図である。亭主のほうもそのときは殊勝にしていても、仲間に誘われたり、当の遊女からラブレターでもくれば、また、のこのこと出かけていく手合いである。だから世の中面白いとも言えるのだが、当事者はどちらも真剣である。

くわいらいし子供の外ハにがわらい

くわいらしいは傀儡師である。胸から箱を吊るしてその中で人形を操る、子ども相手の大道芸人である。大人は苦笑いしてみているしかなかった。この大道芸は安永ごろ廃れたと言われるが、この十一篇も安永五年（一七七六）。だから、珍しいものでも見るようにみられていたのではなかろうか。

はな紙へしの字を書イて娵ハさし

女性が盃で酒を飲むと、縁に口紅の跡がつく。それを懐紙で拭いてから返杯する。これは嫁の、あるいは女性の嗜みである。その拭いた懐紙に、平仮名のしの字のような形が残るというのである。初々しい嫁の仕種である。

大道でみやくをみている小児いしや

小児科の医者が、どこかの往診の帰りの光景ではなかろうか。数日前に、食あたりか風邪で診察したことのある子どもが元気に遊んでいるのを見かけ、本当に治ったかどうか診てやったというのである。名医というよりも、小児科の医者らしく親切で気の置けない医者だったに違いない。当時はまだ医は仁術であった。人間関係も信頼が前提にあったのである。

りん病のどくもあいつとごししよいひ

伍子胥は中国の春秋時代の呉王に仕えていた。王が西施の色香に迷い、国政を顧みないのを嘆いて度々諌めることに努めたが聞かないので、西施の首をはねようとしたが、王の怒りを買い、惨殺された。また王は石麻（淋病？）を病んだ。それも西施のせいではないかと伍子胥が言ったのではないかというのである。この話は『太平記』巻四にある挿話をひねってみたものである。

内証て鹿を手ぎねておつはらひ

落語に『鹿政談』というのがある。これは奈良の鹿を誤って殺してしまった者への人情裁判の噺である。その噺の枕に奈良の鹿への厳しい定めが紹介されている。すなわち「過ちたりとも神鹿を打ち殺したるものはその身は打ち首、従類は絶やす」である。当人ばかりでなく、その累は親族にまで及ぶという、怖い掟である。それほど春日大社の鹿は神鹿として大切にされていた。現在も大事な観光資源として、奈良公園の鹿は大切にされているが、これほど厳しくはないだろう。

手杵は中央のくびれたところを握って使用する杵である。奈良晒は灰汁で煮た布を杵で搗いて不純物を取り除く。その際に用いるものである。その杵で鹿を追っ払ったというのである。それも人に見られないようにやらないと、告げ口される危険がある。奈良名物を織り込んで仕立てた面白さを狙った趣向ではなかろうか。

いくじなし下駄のはなをゝさして立

さしは緡。銭緡のことである。『川柳大辞典』の説明を借りる。「藁を捻って作ったもので、これを売り歩く者が、よく町家の店先などで強談し、押売りして人に憎まれて居たものである。江戸では、火消役郎の仲間の内職であって、一把を一束としていた」。街の嫌われ者は銭緡を売って生計を立てていた。その嫌われ者に脅かされて緡を買わされ、それで下駄の鼻緒まで挿げさせられたというのである。意気地なしと言われても、ここはことを荒立てないほうが賢明である。

長刀をはつして来たと木くすりや

薙刀は刀剣の一種であるが、当時は女性の、ことに武家の娘のたしなみの一つとして薙刀術が普及していた。木薬屋は薬屋である。薬代が嵩んで、まだ払えないでいる家の長押から外して、持ってきたというのである。想像するに、この家の最後の金目のものではなかっただろうか。貧乏御家人のなれの果てという寂しい思いが残る。

墨染の御身たハきうの過言ン也

妓夫は吉原の客引きである。そのままの姿では上がれないので、墨染めの医者に変装して登楼したのだが、身元はばればれなので、誰もまともに相手にしてくれない。そこで怒って苦情を言ってみた。これが急な過言である。言われたほうは冷静で、医者なら医者らしくしなさいとからかわれている図ではなかろうか。

くらはせてかつて置クハとていしゆいひ

朝帰りの亭主へ女房が小言を言った。その女房に平手打ちでも喰らわせたのではなかろうか。挙げ句の果てに「誰のおかげで三度の飯が食えるのだ」などと強がりを言っている。これは一緒に帰ってきた悪友への手前もあっただろう。亭主への小言は、誰もいないところで言うほうが効果的ではなかろうか。それにしてもと思うのは現代の感覚である。

顔上ケていなとつき出ししかられる

突き出しは初めて張り出し見世に出た女性である。恥ずかしくてつい顔が下向きになってしまう。それへ遣り手や先輩女郎が、顔を上げなさいと注意しているのだ。そんな初々しさもいいという客もいるかもしれない。

前髪をならんでおとすこふく店

越後屋のような大きな呉服店である。従業員も大勢いるし、元服前の子どもも丁稚から仕事を仕込まれる。前髪を落とすとは、言わば成人式である。同じような年恰好の子どもをまとめて元服させている儀式である。参考書によれば、越後屋では元服して手代並になると説明している。

すいながら跡トをひねるハげびたもの

当時の喫煙は当然刻み煙草で、喫煙用具も煙管である。私の父なども、よく手のひらへまだ火のついている煙草を載せて、次の煙草の葉を煙管に詰めているのをよく見かけた。あれでよく火傷をしないものだと、感心しながら見ていたものである。それにしてもこの人、かなりのヘビースモーカーである。最近は嫌煙権などが叫ばれて、現代の煙草好きは、隔離されたようなところで煙草を楽しんでいる。高額納税者だというのに…。

手打だと常世しなのがものハあり

常世は佐野源左衛門尉常世である。鎌倉時代の武将で、謡曲『鉢木』で知られている。ある雪の夜一人の旅僧に宿を貸す。そして鉢植えの梅、桜、松を焚いて暖をとったという。これが『鉢木』のストーリーである。その旅僧が最明寺入道時頼で、史実では北条時頼で、鎌倉幕府の執権である。佐野源左衛門はこの功績で梅田、桜井、松枝の土地を領することになる。佐野市は現在栃木県の地名として残っている。このとき手打ち蕎麦でもてなしたら、信濃の国が与えられただろうというのである。

五日迄たてゝ置キなとさがるとし

江戸城の大奥に仕える女性は、毎年宿下がりが出来るわけではなかった。三年目、六年目と、毎年春先に行なわれていたという。三月はじめの頃である。三年目の宿下がりは六日だったという。お雛様は三日が過ぎると早めに仕舞うのが普通である。いつまでも仕舞わないでいると、嫁入りが遅くなると言われていた。しかし今年は娘の宿下がりの年である。五日まで仕舞わないで置こうとは、これも親心である。

女房がよめば手紙もつの田川

悪友からの誘いの手紙である。隅田川あたりへ遊びに行こうというのだが、これは表向きの誘い文句で、そのまま吉原へまわろうという魂胆である。女房もそれを承知しているから、つい不機嫌な顔になる。角を出してもおかしくない状況である。隅田川は角田川とも書く。ちょっと狂句仕立てが笑わせどころであろうか。

二三年でつちハ素人手ほんなり

商家の丁稚は十歳前後から奉公を始めるが、最初の読み書きは先輩手代のものをお手本としたというのである。寺子屋などではいわゆる往来物という、当時の教科書がある。『庭訓往来』は普通の寺子屋用である。商家などでは『商売往来』とか『江戸往来』など種々がある。読み書き算盤は当時の子どもの必修科目である。素人はしろとども読む。

師匠さまぬき穴のあるはしらなり

ぬき穴は柱と柱を横に連ねるために空けたあなである。本来ならそこに、横の部材があるはずである。それがないということは安普請ということでもある。師匠は寺子屋の師匠で、多くは武士の浪人のアルバイトである。寺子屋のお師匠さんはそんなところに住んで頑張っているのだと、ちょっとからかい口調である。

間男のきられた所に瓜のかわ

間男は現場を見つかったらそのまま斬り捨てていいことになっていた。慌てて逃げようとしたら、瓜の皮に滑って転び、そこで斬られたのである。瓜の皮の必然性が理解できない。結局何でも滑るものであれば良かったのか、あるいは季節が必要であったのか。ご存じの向きは、ご教授願いたい。

あさってハお初月ッ忌と後の月

岩波日本史年表の延享四年（一七四七）八月にこんな歴史的事実が載っている。「寄合板倉勝該、江戸城中にて熊本藩主細川宗孝を刺殺」である。歴史年表に載るくらいだから、当時としても大事件ではなかっただろうか。いわゆるお家騒動の発端である。この事件が起きたのは八月十五日である。つまり明後日は十三夜の後の月で、殺された宗孝のお初月忌だというのである。そう家中の者が言っただろうという想像句である。忌まわしい事件であったので、翌年からは熊本藩では月見の宴は行われなくなったという。こうした醜い事件は今でも絶えることなくある。

主人相知らす四ッからすへの事

四つは現在の午後十時である。この時刻を過ぎれば、主人も従業員のことは知らない振りでいるというのである。遊びたい年頃の手代あたりを、そう煩いことを言わない寛大な主人でいるということであるが、前半の改まった言い方には何かありそうである。『唐詩選』は中国唐の時代の詩選集である。この中に賀知章という人の詩に「主人不相識偶挫為林泉」がある。ここから言葉を借りた、いわゆる文句取りの句である。

御ぞうさんていらに居なとちよきを出し

「ていら」は「たいら」の江戸訛りである。「御ぞうさん」は草履取りの下僕を丁寧に呼んでのこと。川柳に出て来る猪牙舟は吉原行きと相場が決まっている。この句も草履取りの下僕が吉原へ行こうとしているのだが、慣れないことでもあり、猪牙舟に乗っても落ち着かない。立っていたりすると、危険であるばかりでなく、舟が揺れる原因にもなる。船頭さんが平らにいなさいと注意を促しているのである。「たいらに」は気楽にとか、膝を崩してというほどの意味である。この句の場合胡座をかいて姿勢を低くしなさいと言っているのである。

くゞり戸が明クとつけ込ム夜かごかき

この句も二句前の「主人相知らす」の句と同様、お店者が夜遊びに出ようとするときのことを詠んでいる。くぐり戸は大戸の脇にある、普段の出入り用の小さな戸口である。そしてこれも夜更けのことである。手代が遊びに出ようとくぐり戸を開けたら、駕籠かきが待っていたように、駕籠を勧めている様子である。どうせ行く先は吉原か深川である。歩いて行く距離でないし、時間も貴重である。そのことを承知して駕籠屋も待っていたのかも知れない。

かんざしをかせともいわずすいとぬき

かんざしを貸せともいわずに抜いたということは、よほど親しい間柄のようである。さしずめ恋人同士であろうか。かんざしを借りて耳でもほじくったのである。現在の若い恋人同士だって、ハンカチを借りるとか、ティッシュペーパーを貰うなどしている、あれと同じである。この句は二人の親しさの深度を、かんざしを借りる仕種に託したものである。

六尺に迄ちそうする念ンはらし

六尺は駕籠かきのこと。念晴らしは疑念を晴らすことである。重病人が出て近所のかかりつけの医者に見せたが、快復の兆しが見えないので、御殿医とか法眼のような名医を駕籠で迎えたということのようである。法眼は医師の位の最上位をいう。そんな訳で送ってきた駕籠かきにまで、ご馳走でもてなしたということである。その結果、病名がはっきりして、念晴らしができたのだろうか。

まりもつきあきると屋ねへなけてみる

毬突きをしていて飽きたので、その毬を屋根に投げて転がってくるのを受け取って、遊んでいたということである。うちの近所の子どもも、友だちが近所にいないのか、よくサッカーボール相手に独りで遊んでいたことがある。この場合、屋根ではなく、相手は自分の家の塀である。だから今でもその塀はボールの跡だらけになっている。五月五日の柱の瑕のような思い出に、記憶されているかもしれない。

八朔をのがれてへんの無イをくい

八朔は八月一日で吉原の紋日である。馴染みの花魁から遊びに来てくださいとラブレターが来るが、紋日に行けばかなりの散財を覚悟しなければならない。それは何かと理由をつけて逃れることができたが、秋になれば月の紋日がある。つまり朔の旁、すなわち月である。結局散財は免れなかったのである。文字で遊んだ狂句仕立てであるが、これも江戸風のしゃれである。

黒猫にとう〱するめひかせたり

労咳は現在の結核であるが、これには黒猫を飼うといいという俗信がある。その黒猫がスルメという縁談を引っ張ってきて、うまく纏まったというめでたい話である。労咳と言っても、原因不明の恋の患いなども労咳などと呼んでいたようである。したがって恋の望みが叶えられれば、治る労咳もあったのである。

御てうあい外へハつうんつんとする

殿様ご寵愛の女性。それをよいことに、ほかの人にはつっけんどんの態度をとっているというのである。これには周りの焼きもちもあるかもしれないが、お妾という引け目が取らせる態度でもある。周りもまたあたらずさわらずの態度で接するので、どうしてもそうなってしまうのだろう。

古市の前ン日いしがものをいふ

ものを言う石とは鸚鵡石のことである。あちこちにあるけれども伊勢の宮川は最も有名である。この句もそれである。古市は伊勢山田の近くの遊所である。伊勢参りの旅人を慰める場所でもある。つまり伊勢参りの途中で、明日は古市であるから、鸚鵡石が機嫌良く声を返してくれたということである。

つくしうり姉ハてんかくやいて居る

野掛け、つまり現代のハイキングであるが、その人たちを相手に土筆を売っているのである。多くは幼い少女である。姉も田楽を焼きながら売って、家計の足しにしているのである。現在の観光地は土産物を買うのに苦労をしないが、当時の野掛けでも、土筆や蕗の薹を探すのが苦手の人がいて、そうした人を相手に、この商売が成り立っていたようである。

借ツ金も三年やらぬ孝のみち

論語読みの論語知らずというが、私の場合は論語も読まずに古川柳に挑戦している。この句も論語仕立ての句である。手元の文庫本『論語』を開いてみる。にわか仕込みの知ったかぶりをお許しいただきたい。

岩波文庫の『論語』の「学而第一」一一にこうある。「子の曰く、父在せば其の志しを観、父没すれば其の行いを観る。三年、父の道を改むること無きを、孝と謂うべし。」

父親は借りた金を返さないまま死んでしまった。だから私も父の志を継いで、三年間はそれを肩代わりしないでおこう。これも親孝行の一端であるから仕方がない。いささか手前勝手の論理ではあるが、『論語』の文句取りがしゃれているところである。

それたまり取にくる迄けて笑ひ

私の散歩コースで中学校のグラウンドの脇を通ることがある。中学生が部活で野球やバスケの練習をやっているのを見かける。たまたまボールが逸れて、金網の下の僅かな隙間から道路へ飛び出した。それを拾ってグラウンドへ投げ返したら、取りに来た生徒が、もう一つそこにあるからそれも取ってくださいという意味のジェスチャーを示した。よく見ると二個のボールが土手際に転がっていた。それを投げ返すと帽子を取ってお辞儀をした。

この句は蹴鞠の鞠が逸れたのである。拾った彼は直ぐに返さず、取りに来るまでその鞠を蹴りながら遊んでいたのである。彼もいっしょに蹴鞠がやりたかったのではなかろうか。

うまそうに煮へるをみれハ木綿也

家の表で鍋で何か煮ている。見ると美味そうである。しかし近寄ってよく見ると、木綿を灰汁で煮て汚れを取ろうとしているのである。この人は、よほどお腹がすいていたのだろう。

寐てはなす所へばつかりむす子行

寝て話すところといえば吉原か近隣の岡場所であろう。父親の嘆きも分からないではないが、父親も若いころは身に覚えがあるからそうきつくは叱れない。当分は様子を見てあまり烈しいようだったら注意をしなければなるまいと、現在のところ傍観の構えである。

しりまくりくらとハあらい哥かるた

単純に考えれば歌留多取りに夢中になって着物の裾が乱れるばかりではなく、かなりはげしい歌留多取りの様子である。この場合女性だけのことであろう。男性が混じれば、もう少しお淑やかな振る舞いになるだろうからである。そう単純に解釈したのだが、別の見方もあるのでそれも紹介しておきたい。

その一つは歌留多取りに負けた人の罰ゲームでお尻をまくったという説。さらには、一枚行方不明になって、尻まくりまでして探したという考え方。どちらにしても賑やかなかるた取りが想像される。

四位の少将へ諸太夫きずをつけ

四位の少将を辞書で引くと「位が四位で、近衛少将（五位相当）である者。名誉の地位とされた」

とある。諸太夫は公卿に次ぐ家柄で、朝廷から親王・摂関・大臣家などの家司に補せられた四位・五位の官人。五位の武士などである。四位の少将は公家で、諸太夫は武家の高位である。ここでは四位の少将が吉良上野介義央であり、諸太夫は播州赤穂五万三千石の藩主浅野内匠玉守長矩である。そう分かれば元禄十四年三月、江戸城松の廊下の刃傷事件・忠臣蔵の幕開けであることが誰にでも分かる。

たくましき男と小あま土手を行

古川柳で土手と出てくれば日本堤である。ここを下りれば、吉原という歓楽街である。たくましい男は女衒であろうか。小あまはあどけない少女を蔑んで言う言葉。吉原へ売られる少女と逞しい女衒の対比が哀れさを増幅させる。

岡さきをひけばそばから母かたり

岡崎は前にも出たが、三味線の練習曲である。三味線を習い始めた娘がそれを弾き始めると、母親がそばで「岡崎女郎衆はのーえ」などと口ずさんだというのである。ありそうな風景で微笑ましい。

ちうけいでつくやうに駕和尚出る

「ちうけい」は中啓で扇の一種で、親骨の上端を外へ反らして畳んでも半分しか開かないようにして作られた扇。末広ともいう。和尚はこれを衿の後ろへ差している。これが駕籠を降りるときに駕籠の縁を突くようにして降りたということだが、そのあわて振りが滑稽に見えたのだろう。あんまり人目につかないようにと思い、あわてたからである。降りた場所は品川の遊所に近いところだったに違いない。芝の近くにはお寺が多い。

政宗をわらづとにして江戸へ出し

参考書によれば、政宗は正しくは正宗だろうとしている。その上でまた、これは酒なのか刀なのかと意見が分かれている。辞書を引くと正宗は江戸後期の刀工と説明している。酒だとしても当時正宗という酒があったのかどうか、確認されていないようである。わらづとは藁で出来た苞、つまり藁で包んで江戸へ出荷したというふうに解釈される。酒か刀か、酒のほうが納得できる。しかしこれでは句としての面白みがない。刀として、その刀だってそれほど高価なものではない、つまり鈍刀ということだが、そのほうが川柳としての面白みが増してくる。

つき山の梅をおとしたむつかしさ

築山のある庭といえばかなり立派な庭を想像する。そこの梅を誰かが落としたのだ。なぜ落としたのかと言えば、食べたくなったからである。なぜ食べたくなったかといえば、酸っぱいものに見えたからである。その人は妊娠したようだ。しかも正室ではない。となると世継ぎの問題や相続の問題など、話が難しくなりそうである。

生酔の諷やたらにおつつける

落語に『寝床』というのがある。これは下手な義太夫を聴かせようという噺である。この句はその謡版である。酔っ払いが、誰もが聞きたくもない下手な話を、無理に聞かせようとしているのである。

義太夫は浄瑠璃の一派で、竹本義太夫や近松門左衛門らから始まった、人形芝居の音曲の一つである。謡曲は能楽の中で謡われるものである。別に個人の好みとして、江戸から昭和のころまで広く趣味としても広がっていって、それをたしなむことが粋人とされていた。

花の山むかしハとらのすみかなり

上野には伊勢・伊賀三二万石、藤堂高虎の上屋敷があった。ここに寛永二年（一六二五）に天台宗のお寺寛永寺が建った。徳川将軍の菩提寺でもある。桜の名所としても知られる。手元の江戸切絵図（嘉永・慶応版）を見ると、広大な敷地であったことがわかる。現在は恩賜公園の他に動物園や国立博物館、美術館、芸大などの施設もある。桜の名所であり続け、不忍池周辺は当時もいまもデートスポットである。

となりからとなりへ笑ふやうじみせ

浅草寺境内には何軒かの楊枝店があった。いずれも簡易な安っぽい店ではあったが、若い看板娘たちが人気でもあった。若い娘がいるとなれば、若い男たちが寄ってくる。彼等は店や娘たちを冷やかしながら歩く。それが「となりからとなり」という状況ではなかろうか。お金のないものはそのまま浅草寺をお参りして帰るのだろうが、大方は吉原へまわるのが決めていたコースである。

雨やどりはるかむこふハせみの声

にわか雨の際の雨宿りである。はるかな先は晴れていて蝉まで鳴いている。蝉の声が聞こえるということはすぐそことも取れる。夕立は馬の背を分けるともいう。建物の混む都会では味わえない、のどかな景色の広がりを思い起こす。ひとによっては郷愁を感じるのではなかろうか。近年の夏の暑さは蝉まで鳴かなくしてしまった。

ほころびをぬふ内たいこ土ひやう入

たいこは太鼓持ち。遊客の機嫌をとったり、座敷へ上がれば、酒の相手やサービスなどをする道化役である。幇間ともいう。揚屋にはお針と言われる裁縫女がいた。太鼓持ちの着ているものに、ほころびているところを見つけたので、彼女にそのほころびを縫ってもらっている。そのあいだは褌一枚になる。その格好で、土俵入りの真似をして、おどけてみせたというのである。どこにいてもサービス精神を忘れないということは立派であるが、どこか哀れさを誘うものがある。

かん当の四五軒先キて妻をさり

同じ町内で若い男と人妻の不倫騒動があった。その結果若い男は勘当され、不倫の相手の人妻は離縁されたという図である。当時の人妻の不義は死罪である。勘当と離縁で済ませたということは、穏便に済ませたいという、町内に住む人たちの心情も推し測っての処分ということであろうか。深読みをすれば、その後の二人は自由であるから、一緒になることも可能である。同じ町内での出来事だから、その扱いも難しかったに違いない。

ふだん帯〆なから出てたんとくや

下五は「たんと食や」である。となれば分かりやすくなる。外出先から帰ってきて、普段着に着替え、帯を締めながら出てきた内儀が、お供をしてくれた下女に「たんとおあがり」と、外出先で食事も出来ないほど忙しかったことを労わっているのである。

十兵衛日向ゝへたつた三日出る

明智光秀こと、明智日向守十兵衛光秀である。三日天下で知られているが、実際は十日以上だったとも聞く。僅かの間という意味の三日である。ここでは「日向守」を効かせて、日向としてからかいを強調させている。

百八の内五六十娵のこと

百八は人間の煩悩の数である。除夜の鐘はそれを捨てて、新しい年を迎えなさいというものである。その百八のうち五、六十は嫁に関するものである。嫁と姑の関係はそれほど難しいものがある。もう一つの解釈として、百万遍の珠数玉がやはり百八だという。お年寄りが念仏を唱えながら、この珠数玉の鎖を回すのである。その間念仏ならず、嫁についての悩み事や悪口をいうのである。こっちのほうが凄みがある。ゆえに面白くもなる。

下女が兄ぐらつくやうにかしこまり

下女の兄が田舎から出てきて、妹の主人の前で畏まっている様子である。普段正座などしたことがないので、足が痺れてぐらついてくる。兄がなぜ田舎から出てきたのかはわからないが、畏まっているということは、妹に何か不始末があったからかもしれない。好きな男でも出来たか、田舎へ帰りたいと言い出して、兄が呼ばれたのかもしれない。余計なことかもしれないが気になる。

今夜のもからつさわぎとやりていひ

吉原の風景である。葬式帰りの大一座が、ただただ馬鹿騒ぎをしているだけで、お金を使おうとしない。やり手としては出番がない。ただはしゃいでいるだけの団体客を持て余している図である。今夜のも、と言っているということは、不景気でそんな客ばかりだとぼやいているのだろう。

ごくるいを二日くわぬとたいこのみ

ごくるいは穀類である。飯も食わずに酒ばかり飲んでいるということか。となれば左記の句と逆の場面になる。忙しいことを愚痴っているようだが、周りは自慢しているようにしか取っていない。こうした言い方は、たとえばお腹がすくと背中と腹がくっつきそうだなどというように、飲んだくれの決まり文句なのではなかろうか。

あつい茶をのんで丶御用しかられる

御用は御用聞きの小僧さんである。たまたま出先で、お得意さんに熱い茶でもてなされたのであろう。それを見ていた店の先輩かあるじに注意されたのである。こんなに忙しいのに、のんびりしていてはいけないということと、お得意さんには甘えてはならないという、戒めの言葉も含まれている。苦労は若いうちにしておけということである。

はらあしくこうけいを出る浅黄うら

紅閨を辞書で引くと婦人の寝室の美称である。ここは吉原をいう。腹悪しくはご機嫌斜めということである。浅黄裏は遊所での嫌われ役。めったに来られないから、なかなか離してくれないのが嫌われる理由でもあるが、これは古川柳の約束ごとみたいなものである。武士の威厳を保つために堅い言葉を使っている。それがまた滑稽で、からかいの対象になってしまう。

こしをもむうち秋の丶を馬ハ喰イ

僧正遍昭は古今集の「天つ風雲のかよひ路吹きとぢよをとめの姿しばしとどめむ」が百人一首に

ある。その遍昭の和歌に「名にめでてをれるばかりぞをみなへし我落ちにきと人にかたるな」がある。落馬したことを人にいうなと女郎花に言っているのである。落馬したのだから腰をもんでいるだろう。そのあいだ馬はその女郎花を含めて、秋の草を食べているというのである。もう一首「秋の野になまめきたるをみなへしあなかしかまし花もひととき」も踏まえての作句意図と思われる。

官女の時も飛鳥をおとすなり

玉藻伝説というのがある。鳥羽院の時、仙洞に現れた金毛九尾の狐の化身とする美女。院の寵愛を得たが、御不例の際、陰陽師の安倍氏に見破られ、下野の那須野の殺生石に化したという（広辞苑）。殺生石になってからも飛んでいる鳥や虫を殺したりした。寵愛を受けていたときも飛ぶ鳥を落とす勢いだったが、死んでまでもと、感嘆の句である。

切レふみのおくへめしもりさまと書キ

切れ文は男女の縁切り状である。男から品川あたりの女性に出したものと思われる。女は男の気を引くためにあらゆる手管を使う。中には落語の三枚起請もどきの誠意のない駆け引きもあっただろう。そんなことに嫌気がさした男の側からの一方的な縁切り状である。飯盛りは品川あたりの飯盛り女である。飯盛り様とは男の腹立ちの大きさを思わせる。奥は末尾という意味である。

なぜしたを出したと禿こそくられ

こそぐるはくすぐることであるが、ここでは折檻の意味もある。とは言えそれほど重い仕置きではないだろう。客と花魁に何か言われて舌を出したのだろうが、大きな失敗ではない。花魁も客の前でもあるので叱るしかなかったのだ。そんなことをしながら、禿も男を手なづける仕種を覚えていくのだろう。

けんとんハ代ィ物の場を箱といひ

けんどんは慳貪と書き、江戸時代、蕎麦・饂飩・飯・酒などを売るとき、一杯盛り切りにしたもの、と説明している。代物（だいもつ）は代金、代価のことで、慳貪箱に入れておく。慳貪箱とは、慳貪蕎麦などを入れて持ち運ぶ出前用の箱のこと。上下・左右に溝があって、蓋または戸をはめはずし出来るようにしたものである。現代の岡持ちというより、一昔前の蕎麦屋さんが肩に乗せて運んでいたが、そんなものをイメージした。そこへ代金を載せておいたということである。たいした金額でないことがわかる。

母をあやなす事神ンのことくなり

あやなすとは、巧みに扱う、うまくあしらうということだが、そうなるとどうしてもどら息子の登場となる。母親はなぜか息子には甘くなる。それを心得てのどらむすこである。まさしく神のごとくである。しかしこれも通過儀礼のようなもので、ある程度の年齢に達すれば自然と元の真面目に戻る。またそうでなければ困る。

越せん屋元トひめのりもうったやつ

姫糊は洗い張りの際に使うものである。これを売るのが番太郎の内職である。番太郎は自身番の番人のことで、番太郎は通称である。番太郎には越前（現在の福井県の東部）出身者が多かったという。それを屋号で暗示している。自身番の番人をやる傍らこつこつと内職をしながら、ようやく店を持つまでになったのである。言わば立身出世をしたのだが、この句には江戸っ子の悪意が見える。つまり好意的に見ていないということだ。宵越しの銭は持たないと粋がってみても、羨望は隠せないものである。

いしくをたべて明石へ書キかゝり

いしいしは団子の女房言葉であるが、石山寺の暗示でもある。紫式部は石山寺へ籠って『源氏物語』を書いたといわれている。「明石」は『源氏物語』一三帖である。明石入道のもとへ身を寄せた光源氏が、明石入道の娘と恋に落ちる話である。この「明石」もまた石へ通ずるものである。

名ィ人のまり扨足に入ッたもの

蹴鞠は平安時代から貴族の遊戯として伝わってきた。数人が鹿皮で出来た沓をはき、鞠を地に落とさないように高く蹴って遊ぶゲームである。『広辞苑』ではさらに「数人が革沓をはき、鞠を懸りの木の下枝より高く蹴り上げることを続け、また受けて地におとさないようにするもの。その場を鞠壷または鞠庭といい、七間半四方が本式で東北隅には桜、東南には柳、西南に楓、西北に松を植え、四本懸りと称する。平安末期以後盛んに行われ…」と説明されている。現代でも、職場の昼休みにバレーボールの練習を五、六人でやっていることがあるが、それの足バージョンということであろうか。これの名人だから、堂（胴）に入っているというより、足に入っているのだとふざけてみせたものである。

おつふせてばかでせなかをかいて居る

ばかとは、賭場で銭を通すための串である。壷振りがさいころを壷で伏せ、片手で押さえ、もう一方の手でばかを孫の手代わりにして、背中を掻いていたというのである。それ以上の広がりのない句であるが、「ばか」に作者の思いがあるような気がする。

どうさとつたかぜん僧もためる也

禅宗は達磨大師が開祖で、悟りは座禅によって得られるという。日本には栄西が臨済宗を、道元が曹洞宗を伝えた。この二派が日本の禅宗である。お金を貯めることに目覚めたのも、悟りの一つなのであろうか。座禅の結果なし得たことである。相田みつをは「一生不悟」と書いている。彼は一生お金が貯まらないということか。

道にそむけた母おやの跡《ト》を追ひ

道に背いた母親が離縁をされた。その子どもが母親の後を追ったというのである。この場合のこの子は男児であろう。もし長男であれば、この家を継がなければならない。いくら男の子が泣き叫んでもかなわない願いである。

松の木をへ先キへ出しておとらせる

屋形船の舳先には松の鉢植を飾ってあったという。屋形船での物見遊山の客が、その舳先で浮かれて踊ったということか。それだけでは芸のない句になってしまう。松にまつわる謡曲か、言い伝えが裏にあるのかもしれない。

あなどつて娠の出てみるかゝみとき

その家の若い娘や嫁はみだりに外へは出ない、たしなみがあったという。知らない若い男と話をしていたなどということが、噂になっても困るからである。しかし、鏡は女性が使うものだし、興味を持つのは当然である。その仕事振りにも興味がある。ことに鏡研ぎは多くが老人であることから、変なうわさにはならないだろうという読みである。鏡研ぎも侮られたものであるが、平和な風景でもある。

小児いしやさじをとられて手をかさね

小児科の医者が小さな子どもを診察していて、薬を調合する段になって、その子どもにさじを取られたので、返して頂戴と、両手を重ねて子どもの前に出したということである。今も昔も子ども相手には、それに合わせた対応が必要だったのである。

ぬめのゑりかけていやあと下女いわれ

ぬめは絖。繻子織の絹布の一種で、地が薄く光沢がある贅沢品である。ぬめの半襟を下女の襟に当ててみたのだろう。下女もその気になって、どう、などと姿（しな）を作ってみた。周りも合わせてお世辞を言っているという図である。若い者同士の華やいだ時間である。

豆いりの名人店を度〱おわれ

豆煎りは女性との情事のことであるから、その名人となれば、どこの店でも長続きはしないだろう。自分から辞めるのではなく、追い出される感じで辞めていくのだ。ばれ句にならなかったのは、作者の江戸っ子的センスによるものである。

女郎でも買イなとむこをばかにする

家付き娘である妻に房事を拒否されたのだが、ただの我がままとは聞き流せないものがある。と言ってもこの句の作者は男であろう。やっかみ半分の冷かし気分ではなかろうか。それにしても小糠三合あったら婿になど行くなという言葉が思い起こされる。その悲哀である。

月あきるかにしてほしハ隠レたり

「月あきるかに」は「月あきらかに」の誤記であると指摘されている。そうなれば分かりやすい。

延享四年（一七四七）八月十五日、交代寄合（三〇〇〇石以上の旗本の非役の者で大名に準じて、参勤交代の義務を持つ者）の板倉勝該が江戸城中で、熊本藩主細川宗孝を刺殺した。その事件を詠んだ句である。当日は八月の十五夜で、板倉家の家紋が九曜星である。月が出ているのに星は隠れてしまった。中国の『文選』にある「月明らかにして星稀に、烏鵲南へ飛ぶ」の文句取りである。

せつしやうハせぬと四ッ手とはなす也

僧侶にはやってはいけない戒律が五つある。すなわち、殺生、偸盗、邪淫、妄語、飲酒である。和尚が駕籠で向かうのは品川あたりの遊所である。戒律を破ることには違いないが、殺生をするわけではないからと、駕籠かきへの弁解である。お気楽でもある。

かゝさんにねだつてきなとのぞきいひ

のぞきは覗機関（覗きからくり）である。箱の中に数枚の絵を入れ、口上とともに順次これを回転させ、ひとつづきの物語やけしきなどを、凸レンズを取り付けたのぞき穴から見せる装置、と『大辞林』は説明している。祭日や縁日などでの、子ども相手の見世物である。四文ほど見料を取ったという。見料を持たないで来た子どもへの、業者の冷たいあしらいである。

木綿ものつかむとこぜのいとま乞

こぜはごぜ、瞽女。三味線を弾き、唄を歌いなどして米や金銭を得ていた盲目の女性。目の見える少女が先導役を務めていた。新潟地方に多くいたという。私も子どものころ見かけたことがある。木綿を掴むに諸説あるが、私は単純に先導役の少女の衣服を掴んだものと思う。木綿はごく一般的な生地であるが、貧しい者の衣服としてのものと考えたからである。

両だめといつたと聞イて乳をくれず

だめは為である。両方のためになるということである。現在の子育てはミルクと母乳の混合が多いようであるが、江戸の当時は母乳で子育てをした。ときにはおっぱいが出過ぎて乳が張ることがある。そうした一方で、出産が難産で母親が亡くなることがある。そうした子どもへおっぱいを分けてやった。与えたほうは人助けをしたのだから感謝されると思っている。貰うほうももちろんそのことで助かっているのだが、乳の張りを和らげてやっているという思いもあったに違いない。それを聞いた乳を分けてやるほうが怒ってしまったのだ。気持ちの行き違いは、いつの時代も変わらないということである。

二代めものろまて金の番をする

江戸っ子は宵越しの銭は持たない、と粋がって、お金に執着する者をのろまくらいにしか思っていない。しかし、蓄財に長けたひとはそうした江戸っ子気質を横目に見ながら、蓄財に励んでいる。二代目もまた、父親を見習った生活を継いだ。これは蓄財に励む人を笑っているのではなく、励ましているような気がする。

さぼてんを買ッて女房に叱られる

さぼてんは仙人掌とも書き、メキシコあたりが原産とされている。近世になって日本に渡来した。当時のさぼてんは、団扇さぼてんといわれるもので、花が咲いたり実をつけることもない。おまけに棘が密生している。珍しもの好きの亭主が買ってきたものを「何でこんなものを」と妻が怒ったのである。女性は、ことに女房と言われるひとは実利主義である。こんなものどこが面白いのかと、いぶかしく思うのは当然である。人生無駄ほど面白いものはない。

江戸ッ子にしてハと綱ハほめられる

渡辺綱は源頼光の四天王の一人で、羅生門で鬼の片腕を取り、退治したことで知られている。一説では渡辺綱は芝三田の生まれとされている。この句の下敷きには「江戸っ子は五月の鯉の吹流し、口先ばかりではらわたはなし」という俚言がある。それを受けての句である。そんな江戸っ子にしては立派だと言っているのだ。

女房をしばって奈良茶喰ッて居る

奈良茶飯は川崎の万年屋が有名である。川崎は六郷の渡しを渡ってすぐのところにある。そこで東慶寺に駆け込もうとした女房を捕まえて、安心して茶飯を食っているということである。亭主はほっとしているが、女房のほうの口惜しさは縛られてなお、地団駄を踏んでいるに違いない。目指す鎌倉の東慶寺は目前であるからである。

かんとうのゆりた祝ひに又こける

せっかく勘当を許されたのに、そのお祝いの席でいささか飲みすぎたのだろうか、そのままま吉原へでも繰り込んだに違いない。その結果、また勘当である。懲りない面々というが、酒であり、仲間である。まさしく類は友を呼び、同じことの繰り返しとなる。ゆりたは許されたというほどの意味である。

東西へみごろをわける上田しま

信州上田の真田昌幸は関ヶ原の合戦で、次男幸村と共に西軍である石田三成方に加担した。一方で、長男信之は家康の家臣本多忠勝の娘を妻に迎えていたので、当然東軍家康の陣についた。どちらへ転んでもいいように保険をかけていたのである。結果として真田家は徳川時代にも生き延びることが出来たのである。身頃は着物の部分をいうが、肉親を分けたということで、そうたとえたのである。上田縞も上田の名産として知られている。

いろはで八元日からも来なといふ

いろは茶屋は谷中天王寺門前にある岡場所である。岡場所にランク付けしてみても始まらないが、かなり下級であったようだ。つまり安く遊べたということである。天王寺や寛永寺のお坊さんたちによく利用されていた。お寺の年始まわりは四日からと決まっていたから、元日はひまである。そんなお坊さんへの誘いである。

当時のお坊さんは原則として妻帯を許されていないので、岡場所での遊びは大目に見られていたのであろう。川柳にもよく詠まれている。出家しているとは言え、生身の人間である。そうした例はよくあったのではなかろうか。

生酔も炁の内の八人がよし

年始の客はそんなにいっぱい酒を飲むわけではない。だから酔っ払いも、松の内のものはたちが悪くないということである。大晦日には借金は払ったし、若しくは体よく撃退したかである。気持ちよく飲み、気持ちよく年礼が続けられるというものだ。

ちかくの他人だと大事をてからかし

遠くの親戚より近くの他人という諺がある。亭主は旅に出て、遠くの親戚である。隣のおやじは他人だが、留守中いろいろと面倒をみているうちに、情が移ってしまったのだ。つまり「でからかし」、出来てしまったのだ。近くの他人も、ほどほどの距離感が必要であるということである。

本郷をとつこ迄もと傘しょわせ

傘（からかさ）一本という成語がある。これを辞書で確かめると「（僧侶が破戒の罪などで寺から追放される時、傘一本は携えることを許されることから）僧侶の追放をいう」と説明している。とっこ迄もはどこ迄もの強調である。日本橋は旅のスタート地点として知られているが、罪人などの追放や江戸払いの人たちは、本郷をスタートにしたという。きちんと解釈すれば、破戒僧が傘一本だけを背負わされて、本郷から旅立ったということだが、哀れさよりも、中傷の言葉もまた追いかけていったのではないかと想像してしまう。

高カ金を出して尾の出る身うけ也

簡単に通釈すれば、高い金を出して花魁を身請けしたが、結局うまくいかなかったというほどのものである。しかしここにはちょっとした仕掛けがある。「高」と「尾」である。これを合わせると高尾になり、吉原の高尾太夫に結びつく。

高尾を辞書で引くと「江戸吉原の三浦屋四郎左衛門抱えの遊女。前後十一人ある。初代は子持高尾と称し、寛永頃の人。二代は万治高尾・仙台高尾・石井高尾などと称し、容姿端麗、和歌と書とを巧みにした。五代西条高尾は京都島原の名妓春との献酬で有名。一〇代榊原高尾（越後高尾）は、姫路藩主正岑に落籍され、正岑は隠居を命じられた。世俗に伝える仙台侯の遊興は、戯作者がこの事件を付会したものという」と説明している。この句は仙台高尾を詠んだものである。高尾の体重と同じ目方のお金を積んで身請けしたとか。しかし、高尾にはすでに二世を誓った男がいたのである。

むらさきのうん気座頭のやねに立

紫色の雲は瑞兆とされる。念仏行者の臨終のとき、仏さまがこの雲に乗って来るということからであろう。また盲目の人の最高官位は検校であるが、検校には紫の衣の着用が許されたことから、屋根の上に紫雲がたなびいたとなれば、瑞兆この上ない兆しである。

定ごうで死ンだも姫になすりつけ

定業で死んだとは、寿命で亡くなったということである。それでもそれは嫁のせいだと言いがかりを付けられたのだ。この場合亡くなったのは誰かということである。つまり、姑か夫である姑の息子のどちらであろうか。息子のほうが句としては面白くなる。姑の憎しみも最高潮に達するであろうからである。

神楽堂なで切リにするやうに舞

神楽堂の神子は十二文ほど遣ると神楽を舞ってくれる。これを一〇〇文にはずむと剣を持って舞ってくれるという。まるで神楽堂をなで斬りにするような勢いがある。サービスかもしれないが、慣れない人はさぞびっくりしたのではなかろうか。

ぶきやうに持ッまな箸がちそう也

真魚箸は魚を料理するときの箸である。竹製・木製・金属製のものがあるという。本来プロか主婦の使うものだが、今日はあるじ自らの手料理でもてなそうというのである。味はともかく、その志がうれしい。釣りに行って大型の鯛でも釣り上げてきたのだろうか。

けいせいの蛭にくわれるにぎやかさ

蛭(ひる)は田んぼなどにいる。身体は細長く田に入ると脛などにはりつき、その人の血を吸う。吸血生物なので嫌われものの生き物である。摂津の住吉神社にはお田植の神事が毎年五月二八日に行われる。このとき乳守の遊女三人が奉仕することになっていたという。『俳諧歳時記艸草』を孫引用する。「住吉の御田植(中略)泉州境、乳守の妓女のうち、約するところの、奉公年季明けたる、女三人来りてこれを植、今日、神殿を植えてのちは、妓院の暇を出すといふ」。蛭に食われたとか、田のぬかるみに足をとられたとか、若い娘たちの、その賑やかさが想像される。

あの鼻て足駄はわるいおもいつき

住吉神社の次は、山王祭か神田祭の行列の模様である。行列の先頭は猿田彦である。天狗の面を被り、一本歯の高足駄を履いている。転んだら天狗の鼻が折れてしまうではないかと心配している。心配をしてみても、これは猿田彦の決められた出で立ちである。

かし本屋げだい斗のがくしやせ

貸し本屋の主は本の表題に就いては詳しいが、内容は知らないのではないかと、からかい調である。実際のあるじは、暇に任せてそこにある本を読んでいるのではないかと思う。それをそのまま句に仕立てたのでは面白くない。もちろん表題の学者であることは間違いのないことである。

万才ハ小声の時におちをとり

万歳を辞書で引くと「年の始めに、風折烏帽子を戴き素襖を着て、腰鼓を打ち、当年の繁栄を祝い賀詞を歌って舞い、米や銭を請う者。太夫と才蔵とが連れ立ち、才蔵のいう駄洒落を太夫がたしなめるという形式で滑稽な掛け合いを演ずる。千秋万歳に始まり、出身地により大和万歳・三河万歳・尾張万歳などがある。」とある。最後のほうで才蔵が卑猥なことを言って笑わせる。そこで幾ばくかの喜捨を請うのである。

ごゑつぐんだんを清少納言よみ

清少納言といえば『枕草子』であるが、歌詠みとしても知られている。百人一首にも「夜をこめて鳥のそら音ははかるともよに逢坂の関はゆるさじ」が知られる。歌意は、夜の明けないうちに鶏の声を真似て函谷関を通った孟嘗君の手を使おうとしても、逢坂の関所はそうはゆかないでしょう、ということである。この句はこの歌を下敷きにしたものである。この句を書くためには『呉越軍談』くらいは読んでいるのだろうということである。ちなみに、この本は江戸中期のベストセラーである。

どこにあるやらわっちらがもちといひ

　餅を探しているようなのだが、よく分からない。以下は参考書を片手の私の推測である。『川柳大辞典』に「和国餅」の項がある。それには「伊勢屋七郎兵衛というものが売り出した名物餅。宝暦の頃（一説に安永）相撲寄合の和国というが白子屋の跡へ餅屋を出したのでこの名があると伝えられる」とある。これを踏まえて、和国すなわち我国で、自分の餅を探しているのだ。長屋の大家が店子に配る餅をけちったのであろう。全員に渡るだけないのである。かなり無理があるがご承知の向きの知恵を拝借したい。

れんくわんの中を花火の通ひ舩

　岩波新書『花火 ― 火の芸術』（小勝郷右著）を孫引用する。「江戸の大商人たちは、納涼期間には涼み船で大川にくり出すが、その周りには花火を売る花火船が集まった。江戸大店の旦那衆の豪遊ぶりは…中でも自前の花火を一瞬の座興のために打ち上げさせるのは大変な豪遊だった」。連環、つまり船を繋ぐようにしてやったのである。江戸商人の豪快ぶりをうかがわせる句である。

百旦那へハすりこ木をまわすなり

　百旦那はお布施を百文しか出さないケチ、若しくは貧乏な檀家のことである。そういう檀家には寺も扱いがぞんざいになる。すりこ木も、すりこぎ坊主という言葉があるように、下級の坊さんを指す。たまさかの法事にもそうしたお坊さんを廻すだろうということであろう。すりこ木は回すもの。そんな言葉遊びも含まれる句である。

道の子を生酔あいしく行キ

一杯機嫌の職人だろうか。道端で遊んでいる子どもの頭など撫でたり、気軽に声をかけたりしながら通ったというのである。棟上か建前の祝い酒かもしれない。愛するには、子どもの機嫌をとったり、あやしたりするというほどの意味もある。

品川でこんやのむすこどらをうち

こんやは紺屋と今夜を掛けたものだろう。紺屋には愛染明王を信仰する人が多かったという。「愛染」という言葉からの連想であろう。愛染明王の縁日が二六日である。その夜はだから、紺屋の息子が品川あたりの遊所で遊びほうけたということであろう。

乳もらいに行キまわってと大三十日

大晦日はその年の借りを清算するばかりでなく、新しい年を迎えるための準備などあって、誰もがそしてどこでも忙しくしている。そんな中を乳貰いの若い女性がうろうろとしている様子である。そのうちに背中の子どもが泣き始める。哀れさが増してくるが、そのことにも気づく暇のない人ばかりの大晦日なのである。

色男どふだとしなのなぶられる

遊郭の張り店を覗いている、田舎から出てきたばかりの若者をからかっているところである。もちろん上がって遊ぶ気もないし、お金もない人であろう。しなの出身者は川柳では、田舎者と限定してしまっているが、こうした割り切り方、類型化は川柳を分かりやすくしている分、それだけ味気ないということでもある。

あいおとつさまとかい巻ぐるみ出し

抱いている赤ん坊を、父親に子守りを頼むためにかい巻きのまま渡したのだ。これから夕飯の支度でもするというのだろうか。お父っ様などと敬語を使っているのが憎いところだが、よくある光景でもある。かい巻きは綿の入った夜着の一種である。

六郷で打ッはとかける弐三人

嘉永・慶応版の『新・江戸切絵図』を見ている。浅草吉原近辺を開くと、浅草寺の左上、つまり東方に新寺町の通りが走っている。その上方に感応寺があり、その裏山に山形藩主六郷佐渡守（この句の時代は伊賀守）の屋敷がある。上野と吉原の真ん中辺りだろうか。上野近辺から吉原へ繰込もうと近くまで来たのである。そうしたら六郷様の屋敷から四つ（午後十時）を知らせる拍子木が鳴るではないか。吉原の引け（門限？）は四つである。近くまで来て慌てて駆け出す人がいてもおかしくない。ここまで来て登楼出来なかったら、今までの努力がふいになる。慌てる男は二、三人どころかもっといたのではないだろうか。

ねがひすじにも三味せんをひく女

願い筋などと堅い言葉を使っているから、三味線を弾く女とは、殿様の愛人であろう。つまりお妾さんである。元は三味線を弾いていたのだが、願い事にも三味線を弾くということは、相手の話に調子を合わせて対応すること。または相手を惑わすような本心でない言動をすること。と辞書は説明している。とすれば、殿様に何かをねだっているのだ。その際に三味線を弾くような仕種をしたということである。

常の日ハわたし守さへありやなし

隅田川の渡しである。常でない日とは、梅若忌（三月十五日）か花見時であろう。普段は渡し舟があったりなかったりしたというのではなかろうか。

しかしこの句は『伊勢物語』第九段の「なにしおはばいざこととはむみやこどりわがおもふひとありやなしやと」の本歌取りの面白さである。

本国も生国もあるたかい山

高い山と言えば富士山である。富士山は孝霊五年一夜にして隆起したという。そのために琵琶湖が生まれたともいう。つまり富士山は琵琶湖の土で生まれたということである。そして所在地は駿河の国（本国）である。理屈っぽい句であるが、言葉遊びが先行してしまった。ところで手元の歴史年表には孝霊五年はない。つまり、富士山は神代の時代に出来た山ということになる。まさしく霊峰である。

あいきやうの無イ振袖は内で留

振袖は振袖新造のことで、まだ部屋も持てない若い遊女である。この新造が振袖を留めて短くすると、一人前の遊女となる。その披露の費用は普通馴染みの客が持つのだが、愛想が悪いと馴染みの客、つまりスポンサーがつかないことになる。この費用は妓楼主が負担する。それはそのまま、その遊女の借金となり、文字どおり身体で返してゆかなければならない。

中にも此衾壹歩に高いもの

吉原には壹分女郎といわれる遊女がいる。最下級ではあるが、壱（一）分は当時の貨幣価値から言ってもかなりの値段である。ちなみに当時の貨幣は大体四進法で、かなり複雑である。一朱は二五〇文。一分は四朱。一両は四分である。蕎麦が二八＝十六文だとすれば、おのずから一分の価値が想像される。此の松というのは喜の字屋の台のもの（仕出し弁当）に添えられる松の枝である。壱分の仕出し弁当はかなり高いものだ。それを惜しまないのに見栄もあるし、吉原とはそうしたところでもある。

上五の畏まった言い回しには何かありそうである。謡曲『高砂』に「中にもこの松は、万木に優れて、十八公のよそほい…」の文句取りの面白さである。

いけとるとにらぞうすいのしたく也

漢字混じりに書き直せば「生け捕ると韮雑炊の仕度也」とでもなるだろうか。生け捕ると言っても熊や猪ではない。人間である。石田三成である。関ヶ原の合戦で敗れ、逃走中に山中で捕えられた。その折にお腹をこわしていたので、食を勧めたが食おうとしなかったので、あったかい韮雑炊にしたら食べたという。そのことをからかい調にまとめたものである。

木のそばにきみのまします雨舎り

秦の始皇帝が松の樹の下で雨宿りをしたことで、その松の樹に五太夫の位を授けられた句は前にも出た。この句もそれに取材したもので、木偏にきみ、すなわち公の字をつければ松の字になる。松の字はだから、もともとそうした運命を持ち合わせていたということか。「公に在します」は謡曲『清経』の文句取りでもあるらしい。

日本かときいて上総てわらハれる

船が難破してどこかに漂着した者が地名を聞いたら、聞いたことのある名前である。景色に見覚えがないので訊いてみたのだろう。

房総半島と紀州には同じような名前が幾つもある。だから漂着者は疑問に思ったのだろう。実際に遭難して、どちらかの港に辿り着いたという例が多かったので、同じような地名になったのだろうと解説する本もある。

とまをつきぬいて船頭のびをする

とまは苫。苫とは、菅や茅を菰のように編み、小さな和船の上部小屋根を覆うのに用いるものと説明している。船頭が疲れたので大きな欠伸と共に伸びをしたら、その苫を突き破ってしまったのだ。船頭にしては迂闊ではないかという非難が込められている一方で、小船を笑っているようにも取れる。

鵜か呑こんでおとり子ひきはしめ

踊り子の侍る座敷を想像してみた。そこで密談のようなものがあり、聞きたくなくても踊り子の耳に入る。それを他所で話をしては踊り子は務まらない。そうしたことをすべて飲み込んだ上で、三味線を弾き始めたのである。鵜飼船も想像してみた。座敷と同じ雰囲気でいいではないかという結論に達した。

三会め母ハ壹歩で行ケといふ

初会があって、二回目で裏を返し。そして三回目で馴染みとなる。吉原の手続きはいろいろと煩わしいことが多いが、それもまた楽しいということか。三回目にはだから、遣り手などへ種々と気を使わなければならない。事情をよく知らない母親が壹分でいいだろうと、その程度の小遣いしか上げなかったということではなかろうか。

泣キ出すを聞イてしなのハいとま乞

二月二日に灸を据えると効き目がいいという。その日はまた季節労働者が郷里へ帰る日でもある。出代わりの日でもある。灸を据えられた幼児の泣き声を聞いて、暇乞いをするのである。

六文ハついて壹文ぶつつける

六文銭と言えば上田の真田家の旗印である。また三途の川の渡し賃でもある。上田の六文銭と考えてみた。六文のうちの一文（一人）は徳川にぶつけてみた。それが功を奏して真田家は幕末まで息永らえたのである。

くゞり戸が明イたと御用湯へしらせ

道楽息子の朝帰り風景である。まだ我家のくぐり戸が開いていないので、しばしの間、朝湯で時間稼ぎをしている。そこへ酒屋の御用聞きであろうか、くぐり戸が開きましたと知らせに来たのである。お得意さんを大事にする御用聞きである。将来は商売上手になるのではないだろうか。

大坂屋ねごとを書イてやねへ出し

大坂屋平六は薬研堀に店を出す薬種屋である。解熱剤の「うにこうる」、声をよくする「ずぼうとう」など、耳慣れない薬の名前が屋根の看板に並べられる。関係のないひとには寝言みたいに思われているかもしれない。

じやうぎらで居て店たてを度〻くらい

じょうぎらは常綺羅と書き、いつもきれいな着物をきている人のこと。ただのおしゃれと言ってしまえばそれまでだが、それを維持するにはお金がかかる。だから貧乏で、店立てばかり喰らっているのだ。家賃を払わなければどこだって嫌われてしまう。それでもおしゃれをしていたいのだ。

おんねんがこわいと富をとらぬ同士

富は富くじのことである。現在の宝くじである。湯島天神、谷中感応寺、目黒不動は江戸の三富として知られている。一の富は百両であるが、めったに当たるものではない。それでも期待を込めて買う人も多かったようである。そんな中には、切羽詰っていた人も居ただろうことは想像出来る。富くじの外れ札を持って首をくくったという例もあったようである。もし当たったとしても、そうした人の怨念が怖いので、当たっても取りに行かないなどと、負け惜しみを言っている人たちのことである。

能男むかしの女中むして喰イ

いい男とは役者の生島新五郎で、昔の女中とは七代将軍綱吉の生母月光院付の御年寄である絵島。お年寄りとは言ってもこれは役名、絵島はまだまだ若い。その絵島は月光院の代参で増上寺へお参りの帰りに、山村座で芝居見物をする。そこの役者の新五郎と親しくなり、恋へと発展する。とはいえ、なかなか会う機会が得られないので、新五郎がお忍びで大奥へ行くことになる。大奥は男子禁制であるから、入る時は饅頭の蒸篭に隠れて忍んだという。それが発覚して、絵島は信州高遠へ、新五郎は三宅島へそれぞれ遠島となる。この悲恋は明治時代になって、芝居や歌舞伎で華やかに脚光を浴びることになる。

みの笠にぶきよふなのがかゞみとぎ

当時の鏡は現在のようなガラス製のものではなく、銅製のものである。長く使っていると、錆がつくので、ときどき磨かなければならない。そこで鏡研ぎという仕事が成り立つ。この鏡研ぎには加賀、現在の石川県辺りの農村からの出稼ぎの人が多かった。農閑期を利用して江戸へ出てきたのである。加賀の名産といえば、蓑や笠である。だから、鏡研ぎになるのは、蓑や笠を作れない不器用な人たちがなるのだろうという見方である。

熊坂ハしさつて払ふ迄ハよし

熊坂は熊坂長範。義経伝説に出て来る、平安末期の盗賊である。義経一行が奥州へ下る途中、美濃赤坂の宿で熊坂に襲われるが、逆に義経に討たれてしまう。これが能や歌舞伎になっている。その謡曲の中に義経に討たれる場面がある。その部分を紹介してみる。「…熊坂左足を踏み鉄壁も、徹れと突く薙刀に、ひらりと乗れば刃向になし、しさって引けば…」と、ここまでは良かったのだが遂に討たれてしまう。「しさって」の文句取りである。

くじら汁わんをかさねてしかられる

鯨を食べる習慣はあまりなかったが、師走十三日には鯨汁を飲んだという。だからその日の一点景ではなかろうか。鯨肉は脂が多いのでお椀に油がつきやすい。だから、重ねると洗うのに手間が取れるので、叱られたのであろう。また、美味しいからと言って飲みすぎを叱ったとも取れる。どちらかを取るというより両方にとってもいいのではなかろうか。

前髪のちらかつて居るどやのかゝ

どやは宿、安宿というより、淫売宿である。そこの女主人である。その宿にいる女性はいわば売物だから化粧をしたり、着る物にもある程度気を使うが、そうでない女あるじは、見てくれをかまっていられないのだろう。

いつそ屁をひるとみの輪へかへす也

みの輪は現在の三ノ輪で吉原に近い。幼い禿はおならばかりして行儀が悪いので、箕の輪へ帰したというのである。吉原に近いことから、事情に詳しい少女は手伝いとして重宝されていたので、ちょうど良かったのではなかろうか。

どやのかゝあねごくとたてられる

どやのかかは二句前に出たばかりである。同種の句であるが、まわりのちんぴら風のお兄さんたちに、姉御、姉御と立てられているのである。もしかしたら安く遊ばせてもらえるという、下心があるのかもしれない。ここは持ちつ持たれつの呼吸である。

御勝利ハあしのかれ葉をかるごとし

御勝利とあるから、徳川家礼讃の句であることがわかる。また葦の枯葉を刈るごとく容易であったということは、大坂夏の陣の勝利をいっていると推測される。冬の陣は徳川方が仕掛けたのだが、苦戦の末に和睦にこぎつけた。その際に大坂城の外濠だけでなく、内濠を埋めてしまった。そうなれば今度は枯れ葦を刈るごとく、容易に勝利を収めることが出来た。家康の強かさが見えるが、太平の御世であってみれば、ここは徳川家を立てなければなるまい。士農工商の時代であり、封建制度の中では風刺にも限界がある。

もみぢかり車ハわきへおしやられ

吉原京町三浦屋に高尾太夫という花魁がいた。姫路十五万石の城主榊原政岑は寛保元年（一七四一）に、この高尾太夫を身請けする。これが幕府の知るところとなり、政岑は越後高田に国替えとなる。そのことを詠んだ句である。高尾は紅葉の名所である。榊原家の家紋は源氏車である。

ところで家紋としての源氏車は何種かあるので一概に言えないが、筆者の佐藤家も源氏車である。お墓にもこの源氏車が刻まれている。だからどういうことではないが、この源氏車には古くから親しみを持っていた。

花娵ハかこうの中で茶づけ也

かこうは佳肴で、ご馳走のことである、婚儀のあとの宴会で、花嫁は目の前のご馳走をむしゃむしゃと食うことは出来ない。だからその前後にお茶漬けか何か、軽いもので済ましただろうというのである。嫁はというより女性は、自分の欲望を抑えることが当時の美風でもあった。

能ィ月夜かぐらをふいて二度通り

多くの参考書は神楽笛を合図のようにして、女性を誘い出そうとしている、と説明している。とすると「能ィ月夜」が生きないような気がする。これは吉原の紋日を暗に言っているのではないかと思う。道楽息子が同類の仲間を誘い出そうとしているのである。

不男のふられたはなし実の事

良い男の持てた話は嫌味であるが、振られた話も同じである。それを自慢のようにしているのではなく、否定してくれるであろうことを前提に話をしているからである。一方、三枚目を自称し、周りもそう思っている男の振られた話は、さもありなんと頷いてしまう。ほんとうの事であるからである。

どこへ〳〵とおして出る松洞寺

松洞寺は古川柳では毎度おなじみの、浅草竜泉寺町の正燈寺である。紅葉の名所でもある。吉原にも近い。いつものメンバーが遊びに出掛けようという相談である。どこへどこへと勢いづくのは、正燈寺から吉原へ繰り込もうというコースだからである。「押す」には、軍勢をおし進めるという意味もあるから、大一座で繰り込もうとする勢いも言いたかったのではなかろうか。

わる口がいやさにむす子たいて出ず

ここでは悪口と言っているが、単なる冷やかしではなかろうか。結婚して間もなく出来た子であるとか、初産だったりすれば、近所の連中はやっかみ半分にいろいろなことをいう。それが嫌さに抱いて表へ出ようとしないのである。この息子は親のほうである。

せんべいをあたまへ上ケてめつけさせ

子煩悩の父親が、子どもに煎餅を上げようとして、子どもの頭に載せたのだ。「どこへいったのだろうな」と、子どもと遊んでいる光景である。煎餅を載せたのは父親の頭とした解釈もあるが、子どもには見えないところとするほうが句としては面白い。

あたごからあそこだなあと本能寺

愛宕の地名は各地にある。これは京都の愛宕山である。天正一〇（一五八二）年五月、ここで明智光秀は連歌を巻いた。その折の発句が有名な「ときは今あめが下しるさつきかな」である。この句はその折に本能寺はあそこだなあと野心を秘めていただろうというのである。

そして六月、織田信長が備中高山城を包囲中、羽柴秀吉を救援しようとして本能寺へ宿泊したとき、明智光秀が叛逆して丹波亀山城から引き返して、信長を襲って自刃させた。いわゆる本能寺の変である。

かん病にだいり迄出すやかましさ

何の病気の看病かということだが、内裏さままで出す大騒ぎだから、この病気は疱瘡ではないだろうか。この疱瘡には赤いものが効くという。お雛様は赤い衣装の人形が多いからそれまで出して大騒ぎしたということである。疱瘡はあとが残るので、女の子の場合など特に大騒ぎをしたのではないだろうか。

ほへついた犬へ百両ぶつつける

浅草寺の歳の市の帰りに犬に吠えられたのである。なぜ犬に吠えられたかというと、歳の市で買った桶や笊を被ったり背負ったりしていたから、その異様な姿を犬がいぶかって吠えたのである。もちろん百両小判も本物ではない。素焼きの縁起物のものである。

二代目八つき屋に門トをたゝかれる

搗きやは働き者である。重い臼を転がし、杵を担いで朝早くからお得意をまわって歩く。一方二代目は初代が築いた商売を継いだのだが、苦労知らずである。その対比を狙った句ではなかろうか。二代目も古川柳のパターン化した図式のひとつである。

越手代せいしに夜具をねたられる

越手代は越後屋の手代のことであるが、ここは唐の美女西施を送りこんで敵を滅ぼした越王勾践に見立てたもので、越後屋の手代が吉原の花魁に夜具をねだられたのである。西施は芭蕉の句にも出て来る唐の春秋時代の伝説の美女である。越後屋は布団も扱っている。

川留とおぬけなんしと女郎いふ

川留めは大井川が知られているが、女郎は品川あたりのものではないだろうか。もう一晩居続けを客に請うのに、弁解の知恵を授けている図である。遅くなった理由は大井川で川留めにあったからだと、言い抜けなさいというのである。もちろんそんなことが見抜けない女房殿ではないから怖いのである。

かんさしハかゆい所へすぐにさし

かんざしは重宝である。頭の痒いところを掻くことも出来る。頭は髪の毛が邪魔をして、なかなか痒い所へ指が届かない。そんなときは本当に便利である。それをそのまま挿しておいても不自然ではない。また痒くなったら、そのまま役に立つのである。

せみ折を宮六度まで明ケてみる

蝉折は平安時代の宮中に伝わる笛の名器である。高倉天皇の秘蔵の品とされている。その高倉宮が源頼政らと謀って平家滅亡を企てたが、これが露見して頼政等と奈良へ落ちる途中、寝不足のため六度も落馬したという。落馬のたびに蝉折が無事だったかどうか確認のため、鞘を開けてみただろうというのである。

扨よくしやべるやろうだと源三位

前の句同様、源頼政蜂起の折の句である。『平家物語』巻四の橋合戦の場面である。平家の若ざむらい足利又太郎が、まだ向こう岸にいる後陣に大声で川を渡る要領を説明する場面である。彼はこの辺の地理を熟知しているからなのだが、この説明が長い。聴いている頼政陣もあきれるほどだったというのである。

舞の内弁けいハ出て舩の世話

能の『船弁慶』は頼朝の勘気に触れた義経が都落ちをする場面である。大物浦から船出する前に、別れる前の静が一さし舞を舞う。その間、弁慶は船出するための船の点検や櫓の手入れなどに余念がなかっただろうというのである。二人だけの時間を作ってやろうとしたのだろうか。

それみたか引ヶたとしらふはらを立チ

吉原の引けは四つ。引け四つともいう。現在の午前零時である。のん兵衛と吉原へ繰り込もうと出掛けたのだが、連れののん兵衛が景気づけに飲み屋にでも寄ったのだろう。ところが、酒を飲んでいるうちに四つの鐘が鳴ったのだ。相手がつい愚痴を言いたくなるのも仕方がない。しかしそこは良くしたもので、吉原時刻というのがある。大引け（丑の刻　午前二時）まで開けておくのが実情であった。

かべに耳なくつて四巻世に残リ

私の手元の『論語』（岩波文庫）は巻第十までである。参考書には江戸時代の『論語』は四巻だったと説明しているものもあるので、それに拠ったものであろう。最初は禁書的内容であったので、孔子の旧居の壁に隠されていて、漢の時代に発見された。「壁に耳あり」という言葉があるが、誰にも知られずにいたのは、この壁には耳がなかったからだろうというのである。

くわん金がゑんぎとなつて御立身ン

官金とは目の不自由な人が検校・勾当などの位を得るために官に納めた金銭（広辞苑）のこと。もう一つの意味として、目の不自由な人が高利で貸した金という意味もある。どちらを取るべきであろうか。両者を兼ねているのではないだろうか。御立身とは、ただ検校に上り詰めたということだけではないような気がする。縁起はただそれが縁で、というほどの意味ではないだろうか。

女房をなぜこわがると土手でいひ

土手は吉原堤である。ここまで来て、吉原行きに躊躇している人がいる。奥さんが怖いのだろうか。多分初めての人ではないだろうか。周りの勢いでここまで来たのだが、妻に知られるのは目に見えている。連れはいつもの悪仲間であることを知っているからである。

いわうかと下女をいたぶる樽ひろい

樽ひろいは酒屋の小僧さん。町内の情報通である。出入りの家の下女の内緒の交際相手も知っている。それを主人に言ってやるぞと脅かしているのである。口止め料に幾ばくかの金銭を強要しているのかもしれない。あるいは別の下心があるのかも知れない。

きざくの有ル衣りて持ッくすり箱

医者の従者は、衿がぎざぎざの半纏のようなものを着ていたという。そんな格好で薬箱を提げて、医師の後ろにしたがっていたものと思われる。医者の堂々たる格好に対し、ちょっと貧弱な取り合わせが面白くて、川柳子の眼を引いたのではなかろうか。

かまわずとこざれといってゑくる也

悪友が亭主を吉原へ誘っているのだろう。それに対し女房殿の返事である。「かまわずに勝手に何処へでも行ったらいいでしょう」と静かに釘をさす。そうなると亭主も出掛けにくいのだが、さりとて友だちの誘いを断ることはない。しおらしい振りをしながらも一緒に出掛けるのである。

大せつにこげと竹沢ちょくらいひ

『太平記』に取材した作品である。新田義貞や足利尊氏らは亡くなったあとの話。鎌倉の畠山国清は義貞の子の新田義興が矢口の渡しを渡るとき、畠山側のスパイである竹沢右京亮に、船底に穴を開けさせ、船を沈めようと企む。そのため義興は、沈む船の底で、恨みを残しながら自害して果てる。義興を乗せた船が岸を離れるとき、竹沢右京亮は水夫(かこ)に向かって「慎重に漕げよ」と冗談を言うように言っただろうというのである。「ちょちょら」は口先で冗談をいうこと、お世辞、と『広辞苑』は説明している。

かねやすハお七を見るとたゝきたて

兼康は本郷にあった薬屋。歯磨きなど口腔関係を扱っていたようである。兼康では店の前で客を呼び込むための講釈を、大きな声で叫んでいた。八百屋お七は近所に住む評判の美人である。そのお七が店の前を通ると、ことさら声を上げて囃したてたというのである。叩きたてとは、近くの看板か板などを叩いて囃したということであろう。

色キじやうのぬけた事いふとやのかゝ

どやの嗅は前にも出た。どやは宿を逆さに読んだもので、逆さ読みは仲間同士の隠語によく使われる。淫売宿のおかみさんというほどの意味合いであるが、あまり上品ではないだろうことは想像出来る。言うこともだから色気のない話しぶりであっただろう。

駕わきのおしこんで行はやりいしや

駕脇は貴人の駕籠の脇に付き添っている人。この場合、医者の付き添いであろう。流行っている医者だから、付き添いもいろいろと気を遣わなければならない。何人もの患者がこの医者の往診を待っているのである。さしずめ現在のタレントのマネージャーみたいなものである。

ひんの能イばゝあ扇子の芝でなき

鵺退治で知られる源三位頼政は保元・平治の乱以後の平家の専横に憤り、高倉天皇を立てて謀反を企てたが、こと敗れて宇治の平等院で自刃する。この自刃の際に、平等院の芝に扇子を敷き、その上で腹を切ったとされる。

品のいい婆あとは、高倉帝の女官菖蒲の前で、後に妻となる女性である。そのあやめの前が頼政が自刃した扇子の前で泣いただろうというのである。

薬とりとうく始皇まちほうけ

秦の始皇帝は不老長寿をねがい、その薬を求めて方士徐福に命じて東海（日本）まで、船団を組んで派遣する。ところが、そのまま行方不明となり帰らなかった。待てど暮らせど不老長寿の薬は手に入らず、待ちぼうけのまま紀元前二一〇年に亡くなってしまう。

よし町ハこしなとかけて針仕事

芳町は陰間茶屋で知られる。『川柳大辞典』を引用する。「堀江六軒町、葺屋新道の俗称。一に葭町にも作った。江戸に於ける陰間茶屋の本場で、其の最も繁盛したのは、宝暦、天明の頃であった…（以下略）」。吉原では張見世で花魁が客を待っていたが、芳町では針仕事をしながら客を待っていたというのである。男性の針仕事も珍しいが、より女性らしく見せるための演出だったのだろうか。ただ彼らは十代の若者が多く、長じて役者になるものが多かったという。となればただの針仕事では疑問が残る。吉原の張見世との違いを言っているのかもしれない。

するか丁宝永山を芝へ出し

駿河町は、そこから富士山が良く見えたということからの命名であろう。また駿河町といえば越後屋で知られる。宝永四年に富士山が爆発して出来たのが宝永山である。富士山南東側の中腹にあり、標高二六九三メートルである。岩波書店の『日本歴史年表』の宝永四年（一七〇七）の欄に「富士山噴火、宝永山できる」とある。この句は越後屋を富士山に見立て、芝の松坂屋を宝永山としたのである。この松坂屋は現在上野にある松坂屋とは別のものである。

ほへたとてかへすものかとぜけんいひ

漢字かな混じりにすると「吠えたとて帰すものかと女衒言ひ」となる。女衒は女性を遊女に売るための仲介役を仕事とする、相変わらずの憎まれ役である。連れてきた幼い女性が家恋しさに泣いているのへ「いくら泣いたって、家には帰さないよ」と冷たいあしらいである。

にわか雨まざく伯父のまへをかけ

伯父は父親の兄に当たる。普段から口煩く、すぐ意見がましいことを言う。にわか雨にあって、傘が欲しいのだが、伯父の家だとまた意見をされそうだから、傘を借りるのを諦めて伯父の家の前を駆け出してしまったというのである。まざまざは、見え透いたさま、と辞書にある。伯父からお金でも借りているので、わざと駆け出したということか。

くつわ虫ぐらい新ぞうかんまぜず

新造は十代の若い遊女である。眠たい盛りでもある。轡虫はバッタ目クツワムシ科の昆虫で、鳴く声が轡の音に似てうるさい。別にがちゃがちゃとも呼ばれる。そんな虫がうるさく鳴いていても、新造かまわず寝ていられるのだ。かんまぜずとは、構わずというほどの意味である。

いかい事つかめばぬけぬくわしのつぼ

壷に入っているお菓子をたくさん掴んだら、手が抜けなくなってしまった。その菓子を手放せば、あるいは少なくすれば、すんなり抜けたであろう。という教訓的な意味合いの句である。あんまり面白みがない。いかい事とは多いこと、多いさまと辞書は説明している。

こび付イて居るで女房にはやくあき

媚び付くはこびり付くと同意である。終始女房に纏わりついていると、それだけ飽きが早く来るというのである。そういえば最近は人前でもかまわずまとわりついている男女を見かける。それと離婚が多くなったのには関係があって、あんまり纏わり付いてばかりいると、飽きてしまうからかも知れない。

平六で聞ケと舩からよびに遣リ

船遊びに踊り子を呼んで賑やかにやろうというのだが、踊り子はどこに居るのか、どんな踊り子がいいのか分からない。それなら日本橋薬研堀にある平六に訊けばいいだろうというのである。大坂屋平六は薬屋で、うにこうるなどという薬の大きな看板を屋根に掲げているのですぐわかり、ランドマークにもなっている。薬屋だから、訊くと効くの縁語仕立てでもある。

下向した御用布子に人たかり

御用は酒屋さんの御用聞きで、まだ若い人が多い。下向は都から地方へ行くことである。抜け参りとは、父母または主人の許可を得ないで、伊勢参りに行くことである。当時は伊勢参りには寛大で、帰ってからも叱られたり、罰せられることはなかったという。道中でもいろいろと親切にしてもらうこともある。着の身着のままで出かけたのに上等の布子を着て帰って来たので、その布子はどうしたのだ、と人だかりができたというのだ。

せがき舩だれかつかってしかられる

施餓鬼は飢餓に苦しんで災いをなす鬼衆や無縁の亡者の霊に飲食をほどこす法会（広辞苑）のことである。船などで納涼を兼ねてやることが多い。ここで役者の声色ではしゃぎすぎたのをたしなめたということである。

色文をおとしてめしもくわぬ下女

色文は恋文である。これを相手に渡す前にどこかへ落としてしまったのだ。これを誰かに拾われては大騒ぎになってしまう。ご飯ものどを通らなくなるのも当然である。「くわぬ」とあるが、喰われないということである。

日ざんりをすへやれ人の目ハまなこ

日三里とは毎日三里に灸を据えること。三里は足と手にあり、ことに膝下の灸点に据えると足が丈夫になり元気が出るという。人が見ているから、あんまりだらしなくしていてはいけないと、注意を促しているのだ。

川留にこりけふも山く

江戸幕府は川を渡りにくくして、敵の侵入を防ぐために大井川など大きな川には、橋を架けないところがあった。泳いで渡るか歩いてか、もしくは輿で渡らなければならない。雨が降って、川の水量が増すと川留めになったりする。その川留めで足留めされ、何日も待たされたから、今度は陸路の山々を越えて行こうというのである。

きんちやくを切ル事色にひしかくし

巾着切りとは、現在で言えば掏摸のことである。色は恋人とでもしておこう。その恋人に自分は巾着切りであることを知られたくないのだ。秘し隠しはひた隠しと同義である。恋人でなくたって知られたくないことである。

つつつけて能見れハごぜねぶる也

突っ突けてとは顔などを近づけること。近付いてよく見ると瞽女は眠っていた。眼が見えないかどうかは近付いて見ないと分からないことがある。前出のように瞽女は普通三味線を弾き、唄をうたいなどして金銭を得た盲目の女性である。彼女たちには手を引く幼い女の子が付いていた。

札を見に九条通りをどうろとろ

京都九条にある羅生門には鬼が出ると噂が立った。源頼光の四天王といえば、渡辺綱、坂田金時、碓井貞光、卜部季武である。その一人、渡辺綱が許可の札を貰って、その鬼を退治し、その札をそこに立てて帰って来た。その札をみようと九条通りをぞろぞろと人が通って行ったというのである。「どうろどろ」は「ぞろぞろ」の転訛である。

七ッからおこされやすとだきあるき

七つは午前四時。「お江戸日本橋七つ立ち」と歌われたように、旅立ちも朝早いのだ。すべて徒歩だから早く出て少しでも足を延ばしたいからである。この句はその旅立ちとは関係ないが、それほど早くから赤ん坊が泣いて困ると口説いているのだが、その実、元気の良いのを自慢しているのが本音ではなかろうか。

しやうかんとやぶ医見たてる狐つき

しょうかんは傷寒のことで、現在のインフルエンザか腸チフスの類いである。熱が出て身体が震える。狐つきとは、狐の霊にとり憑かれたという、一種の精神錯乱状態のことである。どちらも身体が震えたり、うわ言を言ったりする。やぶ医者は狐つきと診立てて、治療を放棄したのではなかろうか。当時は精神病については狐が憑いたとか、悪霊のたたりであるとか、先祖の祀りを疎かにしたからだとか、根拠のない原因を作って、対策を講じなかった。現代では狐つきなどという前に病院に駆けつけるだろう。

女房の留守内中ウがわんたらけ

「わん」は椀もしくは碗である。今でもありそうな光景である。妻の留守に夫の食事の茶碗や箸や食べ残しが流しに洗われないまま、ほったらかしてあるのだ。家中と言っても、長屋住いでは一間か二間、文字どおり家中である。

ざんそうをなぜきいたよと鬼がせめ

讒奏は子に讒言すること（広辞苑）。醍醐天皇は藤原時平の讒言を信じて、菅原道真を筑紫へ左遷した。そのことで醍醐天皇は地獄へ堕ちたという。そこで地獄の鬼に「なぜ時平の讒言を信じた」と責められているのである。

前銭の客だと根津で大事がり

「前銭（まえせん）」は前払いしたお金、前金のことである。根津は現在の文京区の東部、根津権現辺りである。江戸時代ここは娼家が多くあり、栄えたという。普通は事後に代金を払うものだが、この客は前金で払ってくれた。取りっぱぐれはないから大事にされたというのである。

せんとうで壱人角力の気の毒さ

銭湯で裸のまま滑って転んでしまったのである。ひとり相撲であるから、どこにも文句の持っていきようのない、恥ずかしい場面である。

きよひめハ添おふせると釜はらい

清姫とくれば『娘道成寺』である。若い僧である安珍が熊野詣での途中清姫と恋に落ちる。再会を約したが果たせず、裏切られたと思い、清姫は大蛇となって道成寺の釣鐘に隠れて、安珍を鐘もろとも焼き殺してしまう、という伝説に基づいた作品である。もし二人が添うことが出来たなら、安珍は僧（山伏）だから、清姫は釜祓いもしたであろうという想像の句である。

一ト七日持仏くいものだらけ也

一ト七日は初七日ともいう。人が亡くなって七日目の供養である。それまでは仏壇に故人の好きだった食べ物が供えられて、いっぱいになったというのである。故人への悲しみよりも、観察の面白さである。持仏とは、守り本尊として朝夕にその人が礼拝する仏（広辞苑）であるが、ここでは自宅の仏壇と考えていいのではなかろうか。

言葉たゝかい事おわり火吹竹

言葉戦いとは、戦場などで、まず、ことばをもって相手をまかそうとわたりあうこと、と『広辞苑』では説明しているが、ここでは口喧嘩である。妻が火吹竹を持って夫の遊所帰りを責めているのへ、夫が付き合いのためだとか、仕事のついでだとかと、弁解をしている図ではなかろうか。一方で謡曲『八島』または『屋島』にこんな一節がある。「其時平家の方よりも、言葉戦ひ事終り、兵船一艘漕よせて、浪打ち際に下りたって…」。これの文句取りである。

木にもちのなつたうそでハ最ウくわず

木に餅が生る、という諺がある。これは話がうますぎることのたとえにいうが、ここでは目黒不動の土産物、餅花のことである。竹を細く裂きそれを枝のようにして、黄・紅・青など、彩りの餅を花のようにくっつけたものである。目黒不動の近くには品川という遊所がある。木に餅が生るようなかりきった嘘には騙されないという、女房殿の反撃である。その手はもう食わないよというのである。また「餅」と「食う」の縁語仕立ての面白さでもある。

しりかしらべへみがいてと村しうと

漢字まじりで書くと「尻頭べへ磨いてと村姑」とでもなろうか。息子の嫁へ、姑の嫁批判である。顔の化粧や着物のおしゃればかりしているというのである。嫁と姑の飽くなき戦いの場面であるが、田舎言葉を使ったのがミソである。これも江戸っ子優位の仕立てである。

一ト所ハをじめのやうなふもんぼん

「緒締め」は巾着や印籠入れ、煙草入れなどの口を締めるための穴のあいた玉のことである。普門品は観音経のこと。その一つところが緒締めのようだというのは、金・銀・瑠璃・硨磲・瑪瑙・珊瑚・琥珀・真珠などの言葉が散りばめてあるからである。なるほど緒締めのようである。

五百万石は白石めう手なり

世に言われる伊達騒動の後日談である。現在、宮城県白石市は元仙台藩支藩の片倉氏の城下町であった。その片倉小十郎は月番老中馬場美濃守に伊達家の知行を問われて、五百万石と答えた。実際は六十二万石であったのだが、これは、伊達騒動の責任で、国替えをされるのを防ぐための咄嗟の頓智で、大げさに答えたのである。白石藩だから囲碁の白石にかけた、掛け調仕立てでもある。ちなみに黒石市は青森県西部にある。ここも川柳が盛んな土地柄である。

しけ忠が無ィとあざはね打ッ所

しげ忠は畠山重忠である。あざばねは捲り歌留多の大役である。平景清は東大寺大仏供養に出席した源頼朝を狙ったが、畠山重忠の指揮する警護によって目的を果たせなかった。その他景清は何度も重忠によって計画を阻まれる。もし重忠がいなかったら、あざばねの大役を当てたような成果が得られたかも知れないというのである。「あざばね」は景清の所持した太刀の銘「痣丸」にもかけている。

いつにない御きけんと手をもぎはなし

酒に酔って、いつもよりご機嫌な男の手が、近くに居た女性に寄りかかったか、手でも出したのだろう。それをあっさりと払いのけたのは、芸子のような女性ではないだろうか。さり気なく、非難がましくなく、うまいあしらい方で、酔っ払いに慣れた女性のようである。

松かざり大屋根こぎにして廻り

長屋の松飾は大屋が飾り、その始末も大屋の仕事である。当時の松飾は根元を地に埋めるようにしておくのだが、川柳に登場する大屋は大概ケチということになっていて、この句の大屋も例外ではない。根こそぎといっても、あっさりと抜けたのではないだろうか。

聖人の代にも二人リハひだるがり

周と言えば西暦前という中国の古い時代である。その王朝の武王は殷の紂王の暴逆に対し攻めようとしたのだが、伯夷、叔夷の兄弟が諌めたので、二人を斬ろうとしたが、太公望が「義士也」と言って二人を助けた。武王が殷を滅ぼして天子になると、二人はその臣民たることを恥じ、周の扶持米を食べず、野にある蕨を食べて暮らしたという。その結果飢え死にをしてしまう。これは『十八史略』という中国の歴史書に載っている話である。武王の死後、甥の周公が継いで、世の中は良くなったが、伯夷、叔夷の二人は相変わらず、ひもじい思いをしただろうというのである。

二千里も行いきおいの四ッ手かご

吉原へ行く客が酒手を弾んだので、駕籠かきは二千里も行くような勢いで走り出したというのであるが、二千里には説明がいるだろう。『和漢朗詠集』は一〇一二年頃、藤原公任選による詩歌集である。その中に「三五夜中新月色、二千里外故人心」とある。そこから引いたものと思う。吉原の月の紋日に、花魁からラブレターでも来たのかもしれない。

殿さまハ惣むらさきでおすこたん

蹴鞠は貴人の遊戯で、鞠を地に落とさないように、足で蹴りながら高く上げるなどして、数人で遊ぶゲームである。惣紫の袴は蹴鞠がうまい人に着用が許されている。殿さまの場合は名誉称号的なもので、実力が備わったためのものではない。将棋や囲碁にも名誉五段、六段というのがあるが、それに似たようなものである。それでも殿さまは喜んでいる。だからすこたんなのである。すこたんとは、間抜けとか、お調子者に捧げられる称号である。その人が殿さまだったので、「お」まで付けて奉っている。

かまくらの汐干うろこのしまい也

新田義貞が北条勢を攻めて鎌倉の稲村ヶ崎で、海中に刀を投げて祈ったところ、海水が引いて一気に渡ることが出来たという。それで北条を攻めることが出来、北条は滅びてしまう。三つ鱗は北条家の家紋である。

かげ膳を人さへくれバはなす也

陰膳は亭主が旅に出ていて、その無事を祈るために据えるものである。人にいちいち報告するものではないのに、それをするというのは、何か後ろ暗いことをしているから、カモフラージュのためのものである。つまり浮気などしていないよということなのだが、実際はしているということである。世間体というものは難しいものである。

絵に書イた餅を師直くいたがり

高師直は南北朝時代の武将で足利尊氏の執事でもあった。尊氏に従って南朝方と戦い軍功が多かったが、のちに尊氏の弟直義らと対立し、上杉能憲の一党のため弟師泰とともに殺された（広辞苑）。その彼が塩谷判官高貞の妻に横恋慕したのだが、思いは果たせなかった。これは『太平記』の中に出て来る挿話であるが、師直はよほど嫌われ役がはまり役なのか『忠臣蔵』では吉良上野介の役どころを与えられている。絵に描いた餅を食いたいとは、高望みをしても敵わないことをいう。

四ッ過の四ッ手ぬけ荷を待て居る

四つは現在の夜十時頃、吉原も引け間近である。本来なら四つ引けが規則ではあるが、ここでは吉原時刻があり、実際は現在の零時ごろまでＯＫだったようである。商店に勤めている手代や番頭さんは、夜遊びは禁じられているのだが、そこは遊びたい年頃、抜け荷のようにそっと出かけるのである。そのことを四つ手駕籠を知っていて、裏口辺りで待っているのである。現在のタクシーも客がありそうなところで待機しているのを見かける。あれと似たようなものである。時刻の

「四ッ」と駕籠の「四つ手」でリフレインというより、掛け調を楽しんでいる。

松洞寺むこいへどうもく

松洞寺は浅草近くにあり、紅葉の名所として知られている。紅葉見物に出かけて、帰りは吉原へ行くこともある。というより、紅葉はついでであり、最初から吉原へ行くのが目的の輩が多かった。古川柳の約束ごとでもある。婿殿も紅葉といえば付き合わなければならないが、吉原までは付き合えない。「どうもどうも」と尻込みしてしまう。

びりっ子も有ルにおるす居たハむれる

留守居役とは、主人である大名が在国中、江戸屋敷の留守を守る者で、多くは老人である。留守居役とは言え、幕府や諸大名との交渉役もあるので、自然と茶屋への出入りも多くなる。そこでは芸子などと遊興することもあり、親しくする芸子もいたことだろう。びりっ子は娘っこというほどの意味である。

解釈としては、家に帰れば芸子と同じ年頃の娘がいるというのに、芸子と戯れている。という解釈が一つある。もう一つは芸子の中には、年頃の娘がいる芸子も居るだろうに、そんな年齢の芸子とまで戯れている。どちらも非難めいた内容で、どちらかに絞るのがもったいないような気がする。どちらにしても、お年寄りの役得のようにみえるが、罪のない内容だから許されるだろう。

はやり風ぐらい花娵つくりたて

少しくらいの風邪ならば、新婚の花嫁としては化粧を怠ってはならない。花嫁の身だしなみとしての心得である。姑や嫁ぎ先の家族への気遣いもあろう。化粧をすれば家事もこなさなければならない。新婦の気苦労はしばらく絶えないであろう。「作り立てる」には、飾りたてる、めかすなどの意味もある。

女郎衆はさぞと大汗かいてぬひ

八朔は旧暦の八月一日。吉原の紋日でもある。八朔の雪という成語があって、この日に遊女が全員白無垢を着ることを言う。この白無垢を縫うために遊女たちは大汗を掻いているだろうというのである。とは言え、生地を買ったり、その日の祝いの出費は、いずれも馴染みといわれる客の負担である。その金を稼ぐために、馴染みの客も大汗を掻いているのではなかろうか。

のみこんで居て水かねの能ウをきゝ

水かねは水銀のこと。水銀は堕胎に使われることがある。そのことを知っていながら、初めて聞いたような振りをする。つまり堕胎の経験者で、かなりのしたたか者である。何人もの男性と交渉を持っている女性の、かまとと振りである。変な知ったかぶりよりも賢いかもしれない。

てゝ親が抱イて玄関にむごい事

父親が赤ん坊を抱いているということは、母親に抱けない事情があるということである。難産の結果、子どもを残して亡くなったということか。あるいは病気で臥せているからであろうか。また、玄関はどこの玄関か。おそらく医者の玄関ではなかろうか。そうなると、「むごい」に説得力が増す。「玄関」は「げんか」と読む。そのほうがリズムがいいからである。

雪隠に有ル名のむすめすごいもの

雪隠はトイレ。現代の公衆トイレを想像していただきたい。町内で評判の娘の名前が書かれている。ときには相合傘も書かれていたかも知れない。ここで言う「すごい」は「すごい発展家」というほどの意味である。

前の句は「むごい」、こっちは「すごい」である。この違いも面白いではないか。

せんべい屋安いくつわの音をさせ

せんべい屋はそこで煎餅を焼いている。金属で出来た道具を並べて炭火で焼いている光景である。轡は馬の口にくわえさせておき、手綱をつけてあやつるための道具である。金属で出来ているから、がちゃがちゃと音をさせる。それが、煎餅を焼く音に似ているというのである。しかも安いくつわの音である。

轡虫という秋の昆虫がいる。この虫の鳴き声もまたがちゃがちゃとうるさい。これがこの虫につけられた名前の由来である。うるさい人をくだをまいているというが、これは織物を織るときの管に緯糸を通すときの音のたとえである。轡虫の別称が管巻というのも面白い。

いよつんとしましたといふかねの礼

江戸時代の女性は結婚すると歯を黒く染める。そのために用いるのが鉄漿（かね）である。鉄漿とは、鉄片を茶の汁または酢の中に浸して酸化させた褐色の液に、五倍子の粉をつけて歯につけるもの（広辞苑）。

結婚して初めて歯を染める時は近所七人のおかみさんから、鉄漿液を分けてもらう風習があった。そして歯を染めたら、お礼の挨拶に行かなければならない。この句はそのときのことを詠んだものである。初めてのおはぐろだから、見られるのが恥ずかしいから、どうしても口を開けないでしゃべろうとする。だから、ちょっとつんと澄ました感じに取られてしまう。それをまた冷やかしている近所の人たちであるが、そんなふうにして近所の人たちと親しくなっていくのである。下町風の光景である。

ろくに血のおさまらぬのにひきに出る

ひきに出るということだから、踊り子のことを言っているのだろう。踊り子は原則として芸を売るのであるが、実態は春をひさぐことを強要されていた。その結果、妊娠することもある。妊娠しても産めない子どもである。これも堕胎を強要される。普通は何日か大事を取って休まなければならないのだが、雇い主はそれを許さず、三味線を弾かせようとしているのである。これも「むごい」現実である。

みな汗にでますとつきやのんで居る

つきやは米を搗く職人である。大きな臼を転がしながら歩き、注文のあった家の前で米を搗く。重労働である。汗を掻くから水もまた飲まなければ続けられない。そんなに水ばかり飲んで大丈夫かいと、心配してくれる人への返答である。機械化されない当時、多くは人力でやっていた。

私の育った田舎では水車をまわして、その力で米を搗いていた家があった。昔からあった風習ではなかろうか。昭和二〇年代の田舎の風物詩である。

呉服屋は奥へ行ク程としませ

年増といえば普通女性を指していうが、呉服屋の店員は手代とか番頭という男性である。店先に立っているのは若い小僧さんで、その次は手代、さらに奥へ行くと番頭といわれているベテランが相手をする。

客の多くは女性であろう。男尊女卑の時代であっても、商売をしていればお客は神様である。ここに性の分け隔てはない。だから、年増などとおどけてみたのだろう。

『誹風柳多留』十一篇の時代背景

安永五年申年刊である。西暦では一七七六年で、徳川幕府は第一〇代、家治の時代である。老中には田沼意次を配して、世は収賄の横行する時代である。つまり何でもあり、みたいな時代風潮である。平賀源内がエレキテルを完成させ、上田秋成の『雨月物語』が刊行されている。時代の爛熟期を感じさせると同時に、世紀末的な退廃の匂いもする。

この前年にはアメリカで独立戦争が勃発する。近代化へのうねりが高くなってきていたのである。日本の平和というべきか、時代感覚のズレは、一八五三年にペリーが浦賀に来港するまで続く。平和とはまた、そうしたものであるのかもしれない。『誹風柳多留』をいま読み返せば、穏やかな時代を感じさせる。一方で、士農工商という身分制度も、工商という末端層が経済的豊かさを背景にして、発言力や実行力においても数歩前を歩いている。時代は確実に動いていたのである。

ともあれ、その中にあって『誹風柳多留』は時代を反映しているばかりでなく、好個の時代証言者でもあるのだ。作句に行き詰まったら『誹風柳多留』を読み返せ、とは、多くの先輩が口にしたことである。それは今でも変わっていない。時代は変わっても、古典としての『誹風柳多留』を忘れないでいただければ幸いである。

主な参考資料（順不同）

岩波文庫『誹風柳多留』一〜二（十一篇）定本
略註　誹風柳多留一一篇　関西古川柳研究会
誹風柳多留一一篇輪講　川柳雑俳研究会
川柳江戸砂子　今井卯木著　春陽堂
江戸川柳貨幣史　阿達義雄著　川柳文芸学会
江戸川柳名物図会　花咲一男編　三樹書房
江戸川柳辞典　浜田義一郎編　東京堂出版
江戸川柳を読む　岩田九郎著　有精堂
古川柳おちぼひろい　田辺聖子著　講談社
古川柳ひとりよがり　佐藤愛子著　読売新聞社
川柳探求　前田雀郎著　有光書房
俳諧名作集　潁原退蔵編著　講談社
江戸座点取俳諧集　新日本古典文学大系72　岩波書店
日本古典文学大系　川柳狂歌集　岩波書店
川柳文学史　佐藤美文著　新葉館出版
川柳大辞典　大曲駒村編著　髙橋書店
江戸川柳便覧　佐藤要人編　三省堂
現代語訳江戸川柳を味わう　東井淳　葉文館出版
古川柳の名句を楽しむ　竹田光柳著　新葉館出版

江戸川柳で読む百人一首　阿部達二著　角川書店
川柳江戸歳時記　花咲一男著　岩波書店
いきいき古川柳　江口孝夫著　リヨン社
江戸川柳を楽しむ　神田忙人著　毎日新聞社
江戸吉原誌　興津要著　作品社
江戸川柳で読む忠臣蔵物語　北嶋廣敏著　グラフ社
雑俳集成　鈴木勝忠著　東洋書院
国文学解釈と鑑賞473　川柳吉原風俗絵図　至文堂
〃　508　川柳江戸エロティックリアリズム　至文堂
〃　519　川柳江戸の遊び　至文堂
〃　川柳江戸名所図会　至文堂
〃　鑑賞・柳多留拾遺　至文堂
国文学　日本川柳文学史　學燈社
増刊歴史と人物　江戸の二十四時　中央公論社
川柳総合辞典　尾藤三柳編　雄山閣
日本史年表　増補　歴史学研究会編　岩波書店

そのほかの書物や国語辞典、パンフレット類に加え、江戸時代に関するものや吉原の風俗・習慣に関するもの。多くの人からアドバイスをいただいた。

【著者略歴】

佐藤 美文 （さとう・よしふみ）

昭和12年　新潟県石打村に生まれる。
昭和48年　清水美江に師事して川柳入門。
昭和49年　埼玉川柳社同人。
昭和53年　大宮川柳会設立。
平成 5 年　佐藤美文句集(詩歌文学刊行会)。
平成 9 年　川柳雑誌「風」を創刊。主宰する。
平成16年　「川柳文学史」(新葉館出版)。
　　　　　「風　十四字詩作品集」Ⅰ、Ⅱ編集・発刊。
平成20年　「風　佐藤美文句集」(新葉館出版)。
平成21年　「川柳は語る激動の戦後」(新葉館出版)。
　　　　　「川柳作家全集　佐藤美文」(新葉館出版)。
平成24年　「川柳を考察する」(新葉館出版)。
平成26年　「埼玉川柳の原点 みよし野柳たる」(新葉館出版)。

現在　大宮川柳会会長。柳都川柳社同人。
　　　(一社)全日本川柳協会理事。
川柳人協会理事。新潟日報川柳欄選者。
川柳雑誌「風」主宰。埼玉県さいたま市大宮区在住。

名句鑑賞『誹風柳多留』十一篇を読み解く

○

2015年11月13日　初版発行

著　者

佐　藤　美　文

発行人

松　岡　恭　子

発行所

新　葉　館　出　版

大阪市東成区玉津1丁目9-16 4F 〒537-0023
TEL06-4259-3777 FAX06-4259-3888
http://shinyokan.jp/

印刷所

亜細亜印刷株式会社

○

定価はカバーに表示してあります。

ISBN978-4-86044-607-9